大字清晰版

基礎日本語

趙福泉／著

詳細解析：使役助動詞、受身助動詞、
可能助動詞、希望助動詞、意志助動詞等

適用
中、高級

助動詞

笛藤出版
DeeTen Publishing

前　言

本書主要講解日語的口語文法助動詞，是學習日語必備的參考書，供稍有日語基礎的讀者學習研讀。本來在一般日語文法書裡都有助動詞這一章節，不過這些章節大部分只介紹助動詞的一些基礎知識，如助動詞的分類、各種助動詞的活用、變化等，對更深入的用法，如助動詞之間的類似用法（如：らしい與ようだ、**助動詞らしい**與**接尾語らしい**等）、助動詞一些較難解釋的問題（如：**僕《ぼく》は鰻《うなぎ》だ**）以及台灣人學習日語助動詞上的難點往往有所忽略。本書特別對日語助動詞中上述一些較深入的問題做進一步的解析，同時結合台灣人學習日語的特點，針對常出現的錯誤進行講解，以便讀者能更精確地掌握助動詞的用法。

本書在最前面的總說中，概括地說明了助動詞的概念、特徵及分類，接著按助動詞的類別逐類進行說明。全書為十五章，每一章是一種助動詞，但由於需要說明的問題有多有少，所以章節篇幅各有長短。書末附有索引，按あいうえお順序列出本書出現過並做了說明的助動詞及助動詞構成的句子。在個別章的標題下面，寫有（附）這個字，它表示附帶說明的問題，其中有的是用在口語裡的文語助動詞，有的是與該章助動詞意義相同的、有助動詞作用的慣用型。這些慣用型多為常用，必須掌握住。在說明解釋方面，除了正面闡述外，有時會舉出錯誤例句，加以分析以利讀者借鑑，不犯類似的錯誤。另外也與中文做了適當的對比，指出中日文之間的異同，以便讀者釐清。本書所用的文法用語，由於日語譯成中文後會出現許多不同的說法，容易讓人產生誤解，因此本書仍沿用了日語學界使用的用語，如：**受身助動詞**、**丁寧助動詞**、**自發助動詞**等，沒有另外翻譯成中文。這樣的方式讓讀者在閱讀其他日語原文文法書籍時，也提供了方便參照的條件。

最後，由於篇幅有限，有些問題若解釋得不夠深入或有不恰當的地方，敬請讀者諒解並給予指正。

編　者　趙福泉

基礎日本語　助動詞

總說

日語裡助動詞是什麼樣的詞？簡單地說，它接在動詞（個別也接在形容詞、形容動詞或名詞）下面，增添某種意義，而且有形態變化（少數沒有）。如：

○孫《そん》さんがもっと早《はや》く来《く》るだろう。／孫先生來得更早吧！

○私《わたし》ももっと早《はや》く来《こ》よう。／我也更早點來吧！

上述兩個句子本來用**孫**《そん》**さんがもっと早**《はや》**く来**《く》**る**、**私**《わたし》**ももっと早**《はや》**く来**《く》**る**都可以構成句子，表達完整的意思，但在這些句子下面分別接用了だろう、よう，表示說話者的陳述，即說話者的**推量**或**意志**，這裡的だろう、よう都起了語法作用，這種起語法作用的だろう與よう都是**助動詞**。再如：

○学生《がくせい》は四《し》五《ご》人《にん》も先生《せんせい》に褒《ほ》められた。／學生有四、五人受到了老師的表揚。

○孫《そん》さんは褒《ほ》められなかった。／孫先生沒有受到表揚。

上述兩個句子中的第一個句子在**褒**《ほ》**める**下面接用られ然後再在下面接用了た；後一個句子在**褒**《ほ》**める**下面接用了られ然後再接用了ない，又在最後接用了た，這兩個句子裡的られ、ない都增加了一定的意思，而た則起了一個語法作用，表示動作的**過去**。這兩個句子裡的られ、なかっ（ない）、た也都是助動詞。

1 助動詞的分類

從各個不同的角度，可以做成下列不同的分類：

1 意義上的分類

1 使役助動詞　せる、させる（附）しめる

2 受身助動詞　れる、られる

3 可能助動詞　れる、られる

4 自發助動詞　れる、られる

5 尊敬助動詞　れる、られる

6 否定助動詞　ない、ぬ

7 希望助動詞　たい、たがる

8 指定助動詞　だ、です

（附）である、であります

9 傳聞助動詞　そうだ、そうです

（附）ということだ、という話《はなし》だ、というのだ、という

10 比況助動詞　ようだ、ようです、みたいだ、みたいです

（附）ごとし

11 様態助動詞　そうだ、そうです

12 推量助動詞　らしい

（附）べきだ、べきです

13 意志助動詞　う、よう、まい

14 過去助動詞　た（だ）

15 丁寧助動詞　ます

2 從活用形上進行分類

1動詞型　れる、られる、せる、させる

2形容詞型　ない、たい、らしい

3形容動詞型　そうだ、ようだ、だ

4特殊型　ます、です、た、ぬ（ん）

5無活用型　う、よう、まい

3 從接續關係上進行分類

1接未然形下面　れる、られる、ない、ぬ、う、よう

2接連用形下面　たい、た、ます、そうだ（樣態）

3接終止、連體形下面　そうだ（傳聞）、らしい、まい、ようだ

4接體言下面　だ、です

2 助動詞的特點

從以上分類的情況來看，它們的特點有幾點是相同的。即：

1 任何一個助動詞都不能獨立使用

只有接在動詞（個別的接在形容詞、形容動詞或名詞）下面才能使用，這點和中文完全不同，相當於這些助動詞的中文，一般都是在動詞前面使用的，而日語裡則在動詞的下面使用。

例如：

○子供《こども》が叱《しか》られた。／孩子受到了責罵。

○日本《にほん》の映画《えいが》が見《み》たい。／我想看日本電影。

同的。

像上面句子這種**被責備**、**想看**，在日語分別是叱《しか》られた、見《み》たい，中文和日語的語序是不同的。

②它們和動詞、形容動詞一樣，也有形態變化

但它們不像動詞那樣有六種變化，只有其中幾種。如**想看**、**不想看**分別要用見《み》たい、見《み》たくない，也就是**想看**的**想**要用たい，**不想**的**想**要用たく，其他助動詞也多是如此有變化的。

③助動詞之間的接續關係

如前所述，每個助動詞接在動詞（個別為形容詞）的某個活用形下面都是一定的。而助動詞之間的接續關係也是一定的。請從下面的例句中看一看它們之間的關係。

○君《きみ》も酒《さけ》を飲《の》ませられたくないだろう。

從這一個句子可以知道有關助動詞的接續關係。

酒《さけ》を飲《の》む　①動詞

← ＋

せる　②使役助動詞

← ＋

せられる　③受身助動詞

← ＋

られたい　④希望助動詞

← ＋

たくない　⑤否定助動詞

← ＋

ないだないだ　⑥指定助動詞

← ＋

だろう　⑦意志助動詞

從這一句的順序可以知道，它們的順序中文幾乎完全相反。這個句子譯成中文則是：

你也不⑤願④意讓③人家②灌①酒吧⑥⑦。

再看一看接在名詞下面的助動詞之間的接續關係。例如：

○大村《おおむら》さんは元東大《もととうだい》の教授《きょうじゅ》だったそうだ。

它們的接續關係是：

東大《とうだい》の教授《きょうじゅ》　①名詞

←　＋

だ　②指定助動詞

←　＋

だった　③過去助動詞

←　＋

たそうだ　④傳聞助動詞

它們的語序也和中文相反。這個句子譯成中文則是：

聽說④大村老師從前③是②東大教授①。

從上述兩個句子可以知道：中文在最上面的助動詞譯成日語時往往放在最下面，日語在下面的助動詞譯成中文時，往往顛倒到最上面去。

再看一看下面的句子：

○誰也不⑤願意④挨③罵①啊⑥⑦！／

誰《だれ》だって叱《しか》①られ③たく④ない⑤だ⑥ろう⑦

○聽說④奈良也是②以前③日本的古都①。／

奈良《なら》も日本《にほん》の古《ふる》い都《みやこ》①だ②った③そう④だ。

總之助動詞之間的接續關係，它們的位置和中文意義相同的助動詞的位置，多是相反的，這是值得注意的。

我們從上述助動詞的分類中可以知道，助動詞從接續關係來進行分類有四類；從活用情況來分類也有五類，這樣助動詞大多數特點是不同的，除了上述兩三項外，沒有共同特點，每一個助動詞有每一個助動詞的用法，即將在各章結合用法加以闡述。

下面就各個助動詞作進一步分析。

第一章　使役助動詞せる、させる

1 使役助動詞的接續關係及其意義、用法

1「せる」、「させる」的接續關係

せる、させる是口語裡常用的使役助動詞，其中せる接在五段活用動詞未然形下面，させる接在上下一段動詞、カ變動詞、サ變動詞的未然形下面，構成**使役態**，或稱**使動態**。其中サ變動詞下面用~せさせる，約音成為させる。例如：

動詞	**後接使役助動詞**	**約音形態**
読《よ》む	→読《よ》ませる	
行《い》く	→行《い》かせる	
起《お》きる	→起《お》きさせる	

食《た》べる ↓食《た》べさせる
来《く》る ↓来《こ》させる
する ↓せさせる ↓させる
運動《うんどう》する ↓運動《うんどう》せさせる ↓運動《うんどう》させる

但有些動詞則不能在下面接せる、させる，如見《み》える、聞《き》こえる、要《い》る、向《む》く、似合《にあ》う以及出来《でき》る、読《よ》める、行《い》ける等表示可能的動詞都不能在下面接せる或させる。

②「せる」、「させる」的活用

せる、させる構成使動態後，接下一段活用動詞變化。

★終止形 用せる、させる來結束句子或後接し、が、けれども、から、ら等助詞以及そうだ（傳聞助動詞）等。

○早《はや》く弟《おとうと》を起《お》きさせる。／讓弟弟早點起來。

○学生《がくせい》に調《しら》べさせるとすぐ分《わ》かった。／讓學生自己一查立刻就懂了。

★未然形 用せ、させ①後接ない表示否定；②接接よう表示意志、推量。

○反対意見《はんたいいけん》を述《の》べさせないのはよくない。／不讓人發表反對意見並不恰當。

○もう六時《ろくじ》だから学生《がくせい》を帰《かえ》らせよう。／已經六點了，讓學生回去吧。

★連用形　用せ、させ，後接用言以及助詞て、ても、ては、たり以及助動詞た、ます等。

○ご意見《いけん》があったら、是非《ぜひ》聞《き》かせて下《くだ》さい。／如果有意見的話，務必讓我知道。

○問題《もんだい》は必《かなら》ず明《あき》らかにさせます。／請務必讓我弄清楚問題的真相。

★連體形　用せる、させる來修飾體言，後接のに、ので。

○学生《がくせい》たちに十分《じゅうぶん》復習《ふくしゅう》させることが必要だ。／有必要讓學生好好複習。

○彼《かれ》に行《い》かせるのに、彼《かれ》はどうしても行《い》かなかった。／我讓他去他卻怎樣都不肯去。

★假定形　用せれ、させれ後接ば表示假定。

○私《わたし》に言《い》わせれば、そのやり方《かた》は根本的《こんぽんてき》に間違《まちが》っている。／
要讓我說的話，我認為那種做法根本上就是錯的。

○彼《かれ》にやらせれば、きっとうまくやれるだろう。／如果讓他做的話，他一定能做得很好。

★命令形　用せろ、せよ、させろ、させよ。

○自分《じぶん》の意見《いけん》を述《の》べるばかりでなく、人《ひと》にも意見《いけん》を言《い》わせろ。／不要光自己發表意見，也要讓別人發表意見。

③使役句的構成及意義

1 使役句的構成：

使動者A は/が 使動對象B に/を …動詞 せる/させる。

它表示A使B做某種活動、動作，相當於中文的使、讓、叫等。

○先生《せんせい》が学生《がくせい》に毎日日記《まいにちにっき》をつけさせる。／老師讓學生每天寫日記。

○父《ちち》は私《わたし》を登山《とざん》に行《い》かせない。／父親不讓我去爬山。

○母《はは》は妹《いもうと》に和服《わふく》を着《き》させる。／母親讓妹妹穿和服。

○用事《ようじ》があったら私《わたし》に来《こ》させてください。／有事的話，請讓我來。

○父《ちち》は弟《おとうと》に医科大学《いかだいがく》の入学試験《にゅうがくしけん》を受《う》けさせた。／父親讓弟弟參加了醫大的入學考試。

從上面幾個句子可以知道：使動者（也有人稱為施動者）和被動對象都是有情感的並且多是人，也就是某人使另一個人進行某種活動、動作。

雖不是很多但也有下面這種例外情況：

有時使動者是人，而被動對象不是人，這時動詞的使動態起一個他動詞的作用。例如：

○人間《にんげん》も雨《あめ》を降《ふ》らせる事《こと》ができるようになった。／人類也能夠（人工）降雨了。

○一本《いっぽん》の木《き》にあまり多《おお》くの実《み》をならせると、大《おお》きな実《み》がならない。／

讓一棵樹上結過多的果實，那果實是長不大的。

上述兩個句子，使動者是人，而使動對象則是沒有情感的物體。

擬人化的説法有時使動者、被動對象都可以用沒有感情的物體。這雖然是西方語言的表達方式，但現在日語裡也廣泛地出現。例如：

○夏《なつ》の酷暑《こくしょ》は伝染病《でんせんびょう》を発生《はっせい》させた。／夏天的高溫使傳染病傳開了。

○熱《ねつ》が物体《ぶったい》には入《い》れば、温度《おんど》をあげ、体積《たいせき》を膨張《ぼうちょう》させる。／

熱一傳入物體，會使物體的溫度昇高，體積膨脹。

2 使役句的意義

從上面一些例句中可以了解使役態的大致意思，但仔細分析起來，它們有下列的不同：

①表示指使對方並強制對方進行某一活動，這是最基本的用法。

○父《ちち》は毎日《まいにち》子供《こども》に字《じ》を練習《れんしゅう》させる。／父親每天讓孩子練習寫字。

○母《はは》は嫌《いや》がる子供《こども》に無理《むり》に食《た》べさせる。／母親硬逼不愛吃飯的孩子吃飯。

○先生《せんせい》は悪戯《いたずら》をした子供《こども》を立《た》たせた。／老師讓淘氣的孩子罰站。

②表示使役對象作出主語所希望的動作，但它與①不同，不是強制的。可適當地譯成中文。

○お世辞《せじ》を言《い》って彼女《かのじょ》を喜《よろこ》ばせた。／說些奉承話來討好她。

○人工的《じんこうてき》に雨《あめ》を降《ふ》らせる。／人造雨。

③表示主語允許默認或放任使役對象進行的動作、活動。可根據前後關係譯成中文。

○父《ちち》は兄《あに》の意見《いけん》を入《い》れて日本《にほん》に留学《りゅうがく》させることにした。／父親接受哥哥的意見，讓他到日本留學去了。

○誰《だれ》にでも勝手《かって》に使《つか》わせるわけにはいかない。／不能讓人隨便使用。

○言《い》わせておけて決《き》りがない。／讓他說起來就沒完沒了。

常用的～させてくれ、させて下《くだ》さい、させていただけませんか等表現形式，也屬於這種用法，表示請求對方允許自己進行某種活動。相當於中文的**請讓我**……。例如：

○その事《こと》は是非《ぜひ》とも私《わたし》にやらせて下《くだ》さい。／那件事，無論如何請讓我做！

○私《わたし》に少《すこ》し説明《せつめい》させていただけませんか。／請讓我稍稍説明一下！

2 使役對象下面用助詞「に」與用「を」的關係

從上面一些例句中，可以看到在使役對象下面，有時用に，有時又用を，那麼什麼時候用に，什麼時候用を呢？例如：

○子供《こども》を歩《ある》かせる。／讓孩子走路。
○子供《こども》に歩《ある》かせる。／讓孩子走路。

像這樣兩個句子都通，但是用に還是用を有什麼不同呢？概括起來有以下幾點不同：

①「せる」、「させる」所接的動詞是自動詞時

1 大多數情況下用「〜を〜せる」、「〜を〜させる」。

○いろいろな問題《もんだい》を出《だ》して相手《あいて》を困《こま》らせた。／提出了許多問題，令對方很為難。

○お世辞《せじ》を言《い》って相手《あいて》を喜《よろこ》ばせた。／說了許多好聽話取悅對方。

○わあっと叫《さけ》んで母《はは》を驚《おどろ》かせた。／「哇」地喊了一聲，讓媽媽嚇了一跳。

○彼《かれ》を怒《おこ》らせてはいけない。／不要惹他生氣！

○とうとう雨《あめ》を降《ふ》らせる事《こと》が出来《でき》た。／終於造雨成功了。

○二月《にがつ》に桜《さくら》を咲《さ》かす事《こと》が出来《でき》た。／讓櫻花在二月開花了。

但也有下面這樣自動詞下面用に而不用を的情況。在移動動詞所構成的使役句裡，移動動詞雖多是自動詞，但由於它們多用を表示移動的場所或離開的地點，再用を則出現重複現象，所以這時一般用に。

○皆《みんな》が私《わたし》に四百《よんひゃく》メートルを走《はし》らせる事《こと》にした。／大家決定讓我跑四百公尺。

○通行人《つうこうにん》に右側《みぎがわ》を歩《ある》かせなさい。／讓行人走右側。

○おととい、彼《かれ》らに台湾《たいわん》を離《はな》れさせた。／前天讓他們離開台灣。

有一些慣用語表現形式，一般也用に。例如：

○私《わたし》に言《い》わせれば君《きみ》は正《ただ》しくないのだ。／要我說的話，你是錯的。

2 所接的自動詞是某些意志動詞時，如「行《い》く」、「歩《ある》く」等，既可以用「を」，也可以用「に」，兩者表示的意思稍有不同。

○父《ちち》は兄《あに》を行《い》かせた。／父親讓哥哥去了。

○父《ちち》は兄《あに》に行《い》かせた。／父親讓哥哥去了。

用～を行《い》かせる時，表示不管哥哥願意不願意去，父親命令哥哥去；用～に行《い》かせる時則表示父親允許哥哥去。至於下面這樣的句子：

○母親《ははおや》は子供《こども》を歩《ある》かせる。／母親讓孩子走路。

○母親《ははおや》は子供《こども》に歩《ある》かせる。／母親讓孩子走路。

用～を歩《ある》かせる表示不管孩子願意與否，母親拉著孩子往前走；而用～に歩《ある》かせる時，則表示母親允許孩子往前走。再比如：

○病気《びょうき》になったかもしれませんから、彼《かれ》を休《やす》ませてください。／

他也許生病了，叫他不要去上學了。

○今日《きょう》彼《かれ》に学校《がっこう》を休《やす》ませてください。／今天讓他不要上學了。

上述兩個句子用を時，不管他怎麼說，都要讓他休息；後一句用に則是允許他休息。從上述例句中可以知道，用を時多少含有強制的意思，而用に時只表示允許這樣做。

②「せる」、「させる」所接的動詞是他動詞時

在絕大多數的情況下用～に～せる、～に～させる。例如：

○生徒《せいと》たちに教室《きょうしつ》を掃除《そうじ》させる。／讓學生們打掃教室。

○母《はは》は娘《むすめ》に料理《りょうり》をこしらえさせる。／母親讓女兒做飯菜。

○母《はは》は嫌《いや》がる子供《こども》に無理《むり》に食《た》べさせる。／母親硬讓不愛吃飯的孩子吃飯。

○若《わか》い人《ひと》に荷物《にもつ》を運《はこ》ばせる。／讓年輕人搬行李。

○彼女《かのじょ》に綺麗《きれい》な着物《きもの》を着《き》させる。／讓她穿上漂亮的和服。

使役助動詞用を構成的慣用句，則不再改用に，仍用を。例如：

○一人《ひとり》で四人家族《よにんかぞく》を食《く》わせるのは容易《ようい》な事《こと》ではない。／

一個人養活一家四口是不容易的。

上述句子裡的家族《かぞく》を食《く》わせる是固定的慣用句，只能這麼說，不能改動。

3 動詞的使役形與動詞的關係

1 五段自、他動詞的使動態與同形他動詞的關係

五段活用的自、他動詞，下面接せる構成的使動態，可以進一步轉化為以～す結尾的他動詞，這一些他動詞，都含有使動態所表示的意思，一般與同形動詞的使動態意思、用法基本相同，大多數的情況下，可互換使用。

動詞	同動詞使役形	同形他動詞
言《い》う	↓言《い》わせる	↓言《い》わす
急《いそ》ぐ	↓急《いそ》がせる	↓急《いそ》がす
驚《おどろ》く	↓驚《おどろ》かせる	↓驚《おどろ》かす

騒《さわ》ぐ　↓騒《さわ》がせる　↓騒《さわ》がす
立《た》つ　↓立《た》たせる　↓立《た》たす
喜《よろこ》ぶ　↓喜《よろこ》ばせる　↓喜《よろこ》ばす
困《こま》る　↓困《こま》らせる　↓困《こま》らす
食《く》う　↓食《く》わせる　↓食《く》わす
飲《の》む　↓飲《の》ませる　↓飲《の》ます

上述動詞的使動態與同形的他動詞，意義用法基本相同，在一般情況下基本上可互換使用。例如：

○彼《かれ》は新記録《しんきろく》をつくって人々《ひとびと》を驚《おど》かした。（○驚《おど》かせた）／

他創造了新紀錄，令人們感到震驚。

○彼《かれ》は色々《いろいろ》な問題《もんだい》を出《だ》して先生《せんせい》を困《こま》らした。（○困《こま》らせた）／

他提出各種各式各樣的問題，讓老師很為難。

以上句子裡的使動態的使動對象多是一些有情物、人，但個別時候也有無情物，這是擬人化的說法。例如：

○色々実験《いろいろじっけん》をしてみてとうとう雨《あめ》を降《ふ》らす（○降《ふ》らせる）事《こと》が出来《でき》た。／做了各種試驗，終於（人工）降雨成功了。

但使動對象是無情物時，特別是用他動詞構成的慣用語時，大多數情況下，只能用他動詞，而不能用動詞的使動態。例如：

○腹《はら》をすかして(×腹《はら》をすかせて)食事《しょくじ》を待《ま》っている。／餓著肚子在等著吃飯。

○それは九十年代《きゅうじゅうねんだい》における世界《せかい》を揺《ゆ》るがした(×揺《ゆ》るがせた)大事件《だいじけん》だった。／那是在九〇年代震撼世界的大事件。

○下宿《げしゅく》では一日《いちにち》おきに風呂《ふろ》を沸《わ》かす(×風呂《ふろ》を沸《わ》かせる)。／我的宿舍每隔一天燒一次洗澡水。

②自動詞的使動態與這一自動詞相對應他動詞的關係

例如：

自動詞	**自動詞使動態**	**相對應的他動詞**
立《た》つ	↓立《た》たせる	↓立《た》てる

並《なら》ぶ　↓並《なら》ばせる　↓並《なら》べる
固《かた》まる　↓固《かた》まらせる　↓固《かた》める
通《とお》る　↓通《とお》らせる　↓通《とお》す
倒《たお》れる　↓倒《たお》れさせる　↓倒《たお》す
直《なお》る　↓直《なお》らせる　↓直《なお》す
隠《かく》れる　↓隠《かく》れさせる　↓隠《かく》す
逃《に》げる　↓逃《に》げさせる　↓逃《に》がす

上面所舉的例句立《た》たせる與立《た》てる、並《なら》ばせる與並《なら》べる等，即自動詞的使動態與同形他動詞意思大致相同，但使用的場合不同。據森田良行教授解釋：

1 動作對象是無情物時，這時的述語一般用他動詞，而不用自動詞させる。例如：

○旗《はた》を立《た》てる(×立《た》たせる)。／豎起旗幟。
○机《つくえ》を並《なら》べる(×並《なら》ばせる)。／擺放桌子。

○インキ瓶《びん》を倒《たお》す(×倒《たお》れさせる)。／把墨水瓶打翻。

○病気《びょうき》を直《なお》す(×直《なお》らせる)。／治病。

但在特殊情況下，為了突出動作對象，有時也像下面這樣用自動詞させる。

①用他動詞時，表示一般的情況；而用自動詞使動態，即用自動詞させる時，則表示作了一般情況難以做到的、不大可能實現的事情。例如：

○一行《いっこう》は山《やま》の頂《いただき》に国旗《こっき》を立《た》てた。／一行人在山頂上豎起了國旗。

○コロンブスが玉子《たまご》を立《た》たせた。／哥倫布讓雞蛋立了起來。

若沒有與自動詞相對應的他動詞，則只能用自動詞させる這一使動態，這時也表示想辦法讓不大可能實現的事情實現。例如：

○お爺《じい》さんは桜《さくら》の花《はな》を二月《にがつ》のうちに咲《さ》かせた。／老爺爺讓櫻花在二月開放了。

②用他動詞時表示進行應該進行的動作；而用「自動詞させる」時則表示不進行這樣應該進行的動作，放置不管、任其自然。例如：

○よく踏《ふ》んで土《つち》を固《かた》める。／好好踩一踩，把土踩實。

○セメントを石《いし》ころや砂《すな》や水《みず》と一緒《いっしょ》にして固《かた》まらせる。こうしてセメント板《いた》を作《つく》る。／

將石灰和石塊、砂子、水和在一起，讓它自然凝固起來做成石灰板。

如果沒有相對應的他動詞，用自動詞させる也表示放置不管，讓它自然變化。例如：

○ご飯《はん》を腐《くさ》らせてしまった。／把飯放到壞了。

2 動作對象是有情物時，這時一般用「自動詞させる」這一使動態。例如：

○生徒《せいと》を立《た》たせる。／讓學生站起來。

○生徒《せいと》を並《なら》ばせる。／讓學生排隊。

但動作對象是有情物時，有時既可以用自動詞させる，也可以用他動詞，兩者意思稍有不同，用他動詞時，表示不管動作對象願意與否，強制進行這一動作、活動；而用自動詞させる時，則表示命令動作對象這麼做，而動作對象也同意這麼做。

○子供《こども》を起《おこ》こす。／叫起孩子。

○子供《こども》を起《お》きさせる。／讓孩子起來。

前一句表示不管孩子願意不願意，強迫孩子起來；而後一句則表示讓孩子起來，孩子也就自動起來。再比如：

○友達《ともだち》を隠《かく》す。／把朋友藏起來。

○友達《ともだち》を隠《かく》れさせる。／讓朋友藏起來。

前一句表示不管朋友願意不願意，硬把朋友藏了起來；後一句則表示自己讓朋友藏起來，這朋友也同意就藏了起來。

可以構成這樣兩種說法的有：

○乗客《じょうきゅく》を乗《の》せる。／叫客人上車。

○乗客《じょうきゅく》を乗《の》らせる。／讓乘客上車。

○乗客《じょうきゃく》を降《お》ろす。／叫乘客下去。

○乗客《じょうきゃく》を降《お》りさせる。／讓乘客下去。

○孫《そん》さんを残《のこ》す。／叫孫先生留下來。

○孫《そん》さんを残《のこ》らせる。／讓孫先生留下來。

○通行人《つうこうにん》を通《とお》す。／叫來往行人通過。

○通行人《つうこうにん》を通《とお》らせる。／讓來往行人通過。

○通行人《つうこうにん》を止《と》める。／叫行人停下來。

○通行人《つうこうにん》を止《と》まらせる。／讓行人停下來。

○人《ひと》を集《あつ》める。／叫大家集合。

○人《ひと》を集《あつ》まらせる。／把人集合起來。

○新手《あらて》を加《くわ》える。／叫新人參加。

○新手《あらて》を加《くわ》わらせる。／讓新手參加。

上述這些短句，既可以用他動詞，也可以用自動詞させる，但表達的意思稍有不同。

4 中日文使動句的關係

1 在中文裡沒有「使」、「讓」之類的句子，但譯成日文時要譯成使動句

之所以出現這種情形，主要是由於有些動詞在中文裡，既可以做自動詞，也可以做他動詞用；而在日文裡則只能做自動詞，而不能做他動詞，這時要表達中文他動詞的意思，日語則要用自動詞させる這一使動態。這種用法台灣的日語學習者很容易搞錯，必須注意。

○他的行為感動了許多人。／彼《かれ》の行《おこな》いは多《おお》くの人々《ひとびと》を感動《かんどう》させた。（×感動《かんどう》した）。

○不用十年時間，就普及了中等教育。／十年《じゅうねん》も経《た》たないうちに中等教育《ちゅうとうきょういく》を普及《ふきゅう》させる事《こと》が出来《でき》る。（×普及《ふきゅう》する）。

○科學技術是發展當代工業不可缺少的條件。／

科学《かがく》技術《ぎじゅつ》は現代《げんだい》工業《こうぎょう》を発展《はってん》させる（×発展《はってん》する）のになくてはならない条件《じょうけん》である。

其他如孤立《こりつ》する、駐屯《ちゅうとん》する、武装《ぶそう》する、陥落《かんらく》する、安定《あんてい》する等在日語裡都是自動詞，如果要做他動詞來用，都要用它的使動態來表達。

2 在中文裡有「使」、「讓」之類的句子譯成日文時，不用使動態的場合

這種情況與前一項相反，之所以出現這種情況，主要是由於兩國語言表達的不同。例如：

○風《かぜ》が入《はい》るように窓《まど》が大《おお》きく開《あ》けなさい。（×入《はい》らせる）。／把窗戶大開，讓風吹進來。

○皆《みんな》が見《み》えるように字《じ》を大《おお》きく書《か》きなさい。（×見《み》えさせるように）。／把字寫大點，讓大家都看得見！

○皆《みんな》が聞《き》こえるように大《おお》きい声《こえ》で言《い》ってください。（×聞《き》こえさせるように）。／講大聲點，讓大家都聽得見！

上述句子譯成日文之所以不用せる、させる，主要是由於兩個語言表達方式不同。

5（附）しめる

它是文語使役助動詞，在現代日語裡，作為書面用語，用在文章、演講當中。

①「しめる」的接續關係及其活用

它接在動詞未然形下面，也接在文語形容詞未然形から、文語形容動詞たる的未然形たら下面。例如：

用言	後接「しめる」
学《まな》ぶ	→学《まな》ばしめる
普及《ふきゅう》する	→普及《ふきゅう》せしめる
寒《さむ》い	→寒《さむ》からしめる

健康《けんこう》たる　　↓健康《けんこう》たらしめる

它接下一段活用動詞變化。

②「しめる」的意義

1 接在自動詞或形容詞、形容動詞下面，起他動詞作用。例如：

○問題《もんだい》をかえって紛糾《ふんきゅう》せしめるような発言《はつげん》は慎《つつ》しんだ方《ほう》がいい。／最好不要做那種反而會使問題更加複雜的發言。

○彼《かれ》を今日《きょう》あらしめたのは先生《せんせい》の功《こう》に負《お》うところが大《おお》きい。／他之所以有今天，老師是功不可沒的。

○世《よ》を騒《さわ》がしめた罪《つみ》は軽《かる》くない。／製造社會動亂的罪可不輕。

○これは実《じつ》に肌《はだ》を寒《さむ》からしめる事件《じけん》である。／這實在是令人膽戰心驚的事件。

○体《からだ》を健康《けんこう》たらしめるには十分《じゅうぶん》な栄養《えいよう》が必要《ひつよう》である。／要使身體變得健康需要充分的營養。

2 接在他動詞（個別自動詞）下面，表示使別人做某種動作、活動，相當於中文的「讓」、「使」等。

○関係官庁《かんけいかんちょう》に健康保険制度《けんこうほけんせいど》を再検討《さいけんとう》せしめるつもりだ。／

我打算讓相關單位將健康保險制度重新研究一下。

○入門《にゅうもん》してから既《すで》に二年《にねん》の歳月《さいげつ》は流《なが》れたが師匠《ししょう》は特《とく》に暇《ひま》を与《あた》えては勉強《べんきょう》せしめなかった。／

進入師傅門下已經過了兩年，但師傅並未特別給我時間學習。

○野党《やとう》は党《とう》の首脳部《しゅのうぶ》を質問陣《しつもんじん》の第一線《だいいっせん》に立《た》たしめるらしい。／

在野黨似乎要讓黨內領導們站在最前線向政府提出質問。

○平均六十点《へいきんろくじゅうてん》に足《た》りないものには、卒業《そつぎょう》せしめないことになっている。／

按規定平均不到六十分的人不能畢業。

3 文語使役助動詞「しめる」和「せる」、「させる」一樣，也可以在下面接「られる」，構成「しめられる」。表示①被迫行為②可能③自發

○あの計画《けいかく》も一片《いっぺん》の通知《つうち》で破棄《はき》せしめられてしまった。（表示被迫行為）／那個計畫因為一紙通知，不得不廢止了。

○中小企業《ちゅうしょうきぎょう》の行《ゆ》き詰《づ》まりはお題目《だいもく》だけの改革《かいかく》では克服《こくふく》せしめられないんだ。（表示可能）／中小企業的困境，並不是口頭上的改革可以解決的。

○私《わたし》はこうしたやり方《かた》に一段《いちだん》と不快《ふかい》を感《かん》ぜしめられた。（表示自發）／我對這樣的作法，不由得更感到不快。

第二章　受身助動詞れる、られる

1 受身助動詞的接續關係及其意義、用法

①受身助動詞「れる」、「られる」的接續關係

受身助動詞也稱作**被役助動詞**，它有れる、られる。れる接在五段活用動詞的未然形下面；られる接在上、下一段活用動詞、カ變動詞、サ變動詞的未然形下面，都構成受身態（也稱作**被動態**）。其中接在サ變動詞下面時，構成～せられる，約音成為される。

動詞	**後接使役助動詞**	**約音形態**
知《し》る	→知《し》られる	
読《よ》む	→読《よ》まれる	
見《み》る	→見《み》られる	

褒《ほ》める ↓褒《ほ》められる
来《く》る ↓来《こ》られる
する ↓せられる ↓される
反対《はんたい》する ↓反対《はんたい》せられる ↓反対《はんたい》される

②「れる」、「られる」的活用

它按上一段活用動詞進行變化、活用。但它們只有未然形、連用形、終止形、連體形、假定形而沒有命令形。

★終止用 用以結束句子或後接助詞と、し、が、けれども、から以及傳聞助動詞そうだ。
○李君《りくん》はよく先生《せんせい》に褒《ほ》められる。／李同學常被老師表揚。
○日本《にほん》の国会《こっかい》が来月《らいげつ》から開《ひら》かれるそうだ。／據說日本的國會從下個月開始開會。

★未然形 用れ、られ，①後接ない表示否定；②後接よう表示意志、推量。
○そんな物《もの》はあまり人々《ひとびと》に好《この》まれない。／那種東西，不太受人們歡迎。
○一部分《いちぶぶん》の人《ひと》から反対《はんたい》されようが、大多数《だいたすう》は賛成《さんせい》である。／

或許會受到部分人的反對，但是多數人是贊成的。

★連用形　表示中止或後接用言，或接て、ても、ては、たり等。

○午後二時《ごごにじ》から会議《かいぎ》が開《ひら》かれます。／從下午兩點開始開會。

○その議案《ぎあん》は可決《かけつ》されそうもない。／那個提案好像不能通過。

★連體形　修飾下面的體言，或後接助詞ので、のに或助動詞ようだ。

○今度王《こんどおう》さんは叱《しか》られたが、褒《ほ》められた時《とき》もあった。／這次王同學受到了責罵，但過去有時也受到褒揚。

○それは広《ひろ》く人々《ひとびと》に読《よ》まれる本《ほん》だ。／那是一本廣受讀者喜愛的書。

★假定形　用～されれ，後接ば，表示順態假定條件。

○反対《はんたい》されればやめるまでだ。／如果受到人們的反對，那只能放棄了。

3 「れる」、「られる」的用法

1 被動句的基本形式

一般構成下面一些句式使用：

（主動句）動作者Aは被動者Bに…他動詞。

（被動句）被動者Bは動作者A〈に／から〉…他動詞〈れる／られる〉。

這是被動句的基本句式，主語多是有情物，受到施動者A動作的某種影響。相當於中文的受、被、讓等。例如：

1 ○先生《せんせい》はよく李君《りくん》を褒《ほ》める。／老師經常表揚李同學。

① ○李君《りくん》はよく先生《せんせい》に(○から)褒《ほ》められる。／李同學常被老師表揚。

2 ○母《はは》は子供《こども》を叱《しか》った。／母親罵了孩子。

② ○子供《こども》は母《はは》に(○から)叱《しか》られた。／孩子受到了母親的責罵。

3 ○家族達《かぞくたち》も彼《かれ》を嫌《きら》っている。／家裡的人也討厭他。

③ ○彼《かれ》は家族《かぞく》に(○から)も嫌《きら》われている。／他也被家裡的人討厭。

4 ○皆彼《みんなかれ》を誤解《ごかい》している。／大家誤解了他。

④ ○彼《かれ》は皆《みんな》に(○から)誤解《ごかい》されている。／他被大家所誤解。

上述句子裡１２３４都是主動句，而①②③④則是由１２３４轉化而來的被動句，兩者意思、內容雖然大致相同，但強調的不同。主動句強調主語進行了某種活動；而被動句則強調被動者因主動者的某種動作受到了某種影響。上述被動句可以說是基本被動句。

2 句子裡帶有受詞的被動句式

主動句裡有受詞時，就算改變成被動句，句子裡仍要表留原來的受詞。它構成下列句式：

（主動句）施動者Ａが被動者Ｂに目的語を他動詞。

（被動句）被動者Ｂは／が施動者Ａ〈に／から〉受詞を他動詞れる／られる。

這是被動句的基本句式，主語多是有情物，受到施動者A動作的影響、損害。相當於中文的**受**、**被**、**讓**等。例如：

1○私《わたし》は先生《せんせい》に意見《いけん》を求《もと》めた。／我向老師徵求了意見。

①○先生《せんせい》は私《わたし》に意見《いけん》を求《もと》められた。／老師被我徵求了意見。

2○観客《かんきゃく》は主演女優《しゅえんじょゆう》に花束《はなたば》を送《おく》った。／觀眾送花給女主角。

②〇主演女優《しゅえんじょゆう》は観客《かんきゃく》に花束《はなたば》を送《おく》られた。／女主角接受了觀眾的花束。

3〇私《わたし》はあのお爺《じい》さんに道《みち》を尋《たず》ねた。／我向那位老爺爺問了路。

③〇あのお爺《じい》さんは私《わたし》に道《みち》を尋《たず》ねられた。／那位老爺爺被我問了路。

3 主動句裡有受詞的另一種被動句

受詞是某人身體的一部分或所屬的某一種東西時，改變成被動句的時候，受詞仍是受詞，而修飾這一受詞的某人則成為句子的主語。

看一看它們構成的句式：

（主動句）施動者Aは被動者Bの所屬物Cを他動詞。

（被動句）被動者Bは／が施動者Aに所屬物Cを他動詞れる／られる。

有時被動句的主語也是有情物，表示主語受到好處或受到影響、損害。也相當於中文的**被、讓、受（到）**等。例如：

1〇先生《せんせい》が李《り》さんの作文《さくぶん》を褒《ほ》めた。／老師表揚了李同學的作文。

①○李《り》さんは先生《せんせい》に作文《さくぶん》を褒《ほ》められた。／李同學的作文受到了老師的表揚。

2 ○泥棒《どろぼう》が兄《あに》の財布《さいふ》を取《と》った。／小偷偷了哥哥的錢包。

②○兄《あに》は泥棒《どろぼう》に財布《さいふ》を取《と》られた。／哥哥的錢包被小偷偷走了。

3 ○他《ほか》の乗客《じょうきゃく》は私《わたし》の足《あし》を踏《ふ》んだ。／旁邊的乘客踩到我的腳了。

③○私《わたし》は他《ほか》の乗客《じょうきゃく》に足《あし》を踏《ふ》まれた。／我的腳被旁邊的乘客踩到了。

4 ○子供《こども》は(私《わたし》の)家《いえ》のガラスを割《わ》った。／小孩子把我家的玻璃打破了。

④○私《わたし》の家《いえ》は子供《こども》にガラスを割《わ》られた。／我家的玻璃被小孩子打破了。

由於這種表達方式和中文的表達方式完全不同，因此學習日語的人往往將這些句子講成下面這樣，這都是錯誤的。

①×李《り》さんの作文《さくぶん》は先生《せんせい》に褒《ほ》められた。

②×兄《あに》の財布《さいふ》は掏《す》りに取《と》られた。

③×私《わたし》の足《あし》は他《ほか》の乗客《じょうきゃく》を踏《ふ》まれら。

④×私《わたし》の家《うち》にガラスは子供《こども》に割《わ》られた。

上述句子之所以是錯誤，是因為日語的被動句，一般講是某個人得到、感受到某種影響或損失，因此被動句的主語一般都是有情物，多是某一個人，而不好用無情物如某種東西。因此上述四個句子都是錯誤的。再比如下面這樣用無情物作主語也都是不說的。

×お酒《さけ》は皆《みんな》に飲《の》まれた。

×窓《まど》が李《り》さんに開《あ》けられた。

4 無情物作主語的被動句

如上所述，絕大多數的情況下，無情物是不能做被動句的主語的，但是在下面這種情形下有時還是可以作主語的。它是模仿西方語言的表達方式去表達的日語。它還有下面兩種情況：

①敘述自然形成的情況或事實，這時則可以用無情物作主語，有時在句子裡不會出現施動者。

它們構成下列句式：

（主動句）施動者Aは**被動者**Bを他動詞。

（被動句）被動者Bは（施動者Bに）他動詞れる られる。

在被動句裡，施動者B往往省略，不出現在句子中。

1○我々《われわれ》は卒業試験《そつぎょうしけん》を二月末《にがつすえ》に行《おこな》う。／我們二月底舉行畢業考試。

①○卒業試験《そつぎょうしけん》は二月末《にがつすえ》に行《おこな》われる。／畢業考試在二月底舉行。

2○政府《せいふ》は人々《ひとびと》の生活《せいかつ》を改善《かいぜん》した。／政府改善了人們的生活。

②○人々《ひとびと》の生活《せいかつ》は改善《かいぜん》された。／人們的生活改善了。

3○人々《ひとびと》は広《ひろ》くその本《ほん》を読《よ》んでいる。／人們廣為閱讀那些書。

③○その本《ほん》は広《ひろ》く読《よ》まれている。／那本書被廣泛地閱讀。

4○人々《ひとびと》は公害問題《こうがいもんだい》を重視《じゅうし》するようになった。／人們重視起公害問題了。

④○公害問題《こうがいもんだい》は重視《じゅうし》されるようになった。／公害問題被重視起來了。

雖然上述１２３４四句也沒有錯，但是更普遍的說法是①②③④。

②要特別強調被動者某一事物時，可以用無情物作主語，並且在絕大多數情況下不提出施動者。

例如：

1〇まもなく料理《りょうり》を運《はこ》んできた。／過一會兒送來了飯菜。

①〇まもなく料理《りょうり》を運《はこ》ばれてきた。／過一會兒送來了飯菜。

2〇人々《ひとびと》は大《おお》いにその作品《さくひん》を歓迎《かんげい》している。／人們很喜歡那個作品。

②〇その作品《さくひん》は大《おお》いに歓迎《かんげい》されている。／那個作品很受歡迎。

3〇泥棒《どろぼう》は鍵《かぎ》を壊《こわ》し、室内《しつない》を荒《あ》らした。／小偷破壞了鎖，把屋裡翻得一塌糊塗。

③〇鍵《かぎ》は壊《こわ》され、室内《しつない》は荒《あ》らされた。／鎖被砸壞了，房間裡翻得一塌糊塗。

4〇それを記念《きねん》するために郵便局《ゆうびんきょく》は記念切手《きねんきって》を発行《はっこう》した。／
為了紀念它，郵局發行了紀念郵票。

④〇それを記念《きねん》するために、記念切手《きねんきって》が発行《はっこう》された。／為了紀念它，發行了紀念郵票。

上述句子裡用①②③④來講更顯得自然，這時施動者一般不會出現在句子中。

2 迷惑受身

迷惑受身（めいわくうけみ）譯成中文有人譯作受害被動句、打擾被動句，都不是十分合適，因此本書仍延用日語本來的稱呼，稱作**迷惑受身**，**迷惑**表示**打擾**的意思，**迷惑受身**則表示被動者由於施動者的行為、活動而受到**打擾**或受到**損害**，而出現了許多麻煩。它多是自動詞，有時也用他動詞來構成。

1 自動詞構成的迷惑受身句

它一般構成下面的句式：

（主動句）施動者Aが**（被動者B）**自動詞。

（被動句）被動者Bが**施動者**Aに自動詞れる／られる。

在與一般被動句同樣的主動句裡，被動者B往往是不出現的，而在被動句裡添增了被動者即受到**打擾**、受到**損害**的人。這種表達方式由於在中文裡往往翻譯不出來，因此對台灣的日語學習者來說是比較難以掌握的。

1〇忙《いそが》しい時《とき》に友達《ともだち》が来《き》た。／在很忙的時候，朋友來了。

①〇忙《いそが》しい時《とき》に、友達《ともだち》に来《こ》られた。／在很忙的時候，朋友來了。

2〇忙《いそが》しい時《とき》に、皆《みんな》は遊《あそ》びに行《い》った。／在很忙的時候，大家去玩了。

②〇忙《いそが》しい時《とき》に、皆《みんな》に遊《あそ》びに行《い》かれた。／在很忙的時候，大家還出去玩了。

3〇何《なに》もしないのに先生《せんせい》は(私《わたし》に対《たい》して)怒《おこ》った。／我什麼也沒有做，老師卻對我生氣。

③〇何《なに》もしないのに(私《わたし》は) 先生《せんせい》に怒《おこ》られた。／我什麼也沒有做，老師卻對我生氣。

4〇 私《わたしは》が帰《かえ》る途中《とちゅう》に雨《あめ》が降《ふ》った。／我回來的時候，半路下起了雨。

④〇私《わたし》は帰《かえ》る途中《とちゅう》に雨《あめ》に降《ふ》られた。／我回來的時候，半路被雨淋了。

上述句子的①②③④更合乎日語的表達方式。

下面一些句子都是迷惑受身句，表示主語受到干擾或損害。

○彼女《かのじょ》は一晩中《ひとばんじゅう》子供《こども》に泣《な》かれて、寝《ね》られなかった。／

孩子哭了一個晚上吵得她都沒有睡。

○彼女《かのじょ》は夫《おっと》に死《し》なれてとても悲《かな》しんでいる。／她丈夫走了，很悲傷。

○彼《かれ》は妻《つま》に逃《に》げられて困《こま》っている。／他妻子跑了，很傷腦筋。

○そんな所《ところ》で騒《さわ》がれては困《こま》るね。／在那種地方吵鬧，真令人困擾！

○前《まえ》に立《た》たれてちっとも見《み》えない。／前面被人擋到，什麼也看不見。

○犬《いぬ》に吠《ほ》えられて困《こま》ったよ。／被狗一吠真不知怎麼辦才好。

○今朝《けさ》まだ暗《くら》いうちに子供《こども》に起《お》きられたもので、今日《きょう》は眠《ねむ》くて仕方《しかた》がない。／

今天早上天還沒有亮就被孩子吵醒了，今天睏得不得了。

這樣句子施動者及行動者必須是有情物，即使不是有情物也必須是具有行動能力的東西（如雨《あめ》に降《ふ》られて），否則是不能用的。例如：

×昨日《きのう》石《いし》に落《お》ちられた。

×水《みず》に溺《おぼ》れられた。

另外雖然有**雨《あめ》に降《ふ》られる**的用法，但並沒有**雪《ゆき》に降《ふ》られる**的用法。

但下面這樣具有行動能力的無情物是可以做施動者的。

○こう自動車《じどうしゃ》に通《とお》られちゃかなわないね。／讓汽車這麼跑，真吃不消啊！

○山村《やまむら》さんは自動車《じどうしゃ》にぶつかられた。／山村先生被車子撞到了。

上述兩個句子施動者都是**自動車《じどうしゃ》**，都是受人操縱但可以自由活動的，因此可以認為是有行動能力的。

②他動詞構成的迷惑受身句

它多構成下面句式：

（主動句）施動者Aは/が被動者Bの所屬物Cを他動詞。

（被動句）被動者Bは/が施動者Aに所有物Cを他動詞れる/られる。

在這類與被動句同義的主動句中，被動者多半是以受詞的所有者形式出現的，而構成被動句時，則以原來受詞的所有者作主語，原來的受詞仍作受詞來用，相當於中文的受、被、讓等。

1 ○泥棒《どろぼう》が私《わたし》のカメラを盗《ぬす》んだ。／小偷偷了我的相機。

①○私《わたし》は泥棒《どろぼう》にカメラを盗《ぬす》まれた。／我的相機被小偷偷走了。

這類被動句表示被動者受到了損害，遭受了損失。下面的句子都是這類迷惑受身句。

○私《わたし》は弟《おとうと》にカメラを壊《こわ》された。／我的相機被弟弟給弄壞了。

○李君《りくん》は馬《うま》に足《あし》を蹴《け》られた。／李先生被馬踢到了腳。

○田中《たなか》さんは野村《のむら》に腕《うで》を抓《つね》られた。／田中先生被野村擰了胳膊。

○内山《うちやま》さんは佐藤《さとう》のやつに頭《あたま》を殴《なぐ》られた。／內山先生被佐籐那傢伙打了頭。

○王君《おうくん》は孫君《そんくん》に眼鏡《めがね》を割《わ》られた。／王先生被孫先生打破了眼鏡。

○私《わたし》は内山《うちやま》に手紙《てがみ》を読《よ》まれた。／我的信被內山看見了。

○私《わたし》は弟《おとうと》に勉強《べんきょう》の邪魔《じゃま》をされた。／弟弟干擾到我念書了。

3 施動者下面用的助詞「に」、「から」、「～によって」的關係

在被動句中不出現施動者時，當然不需要に、から等助詞，但在句子裡要求出現施動者時，則要用に、から或用～によって，只是它們使用的情況不同。

1 在迷惑受身句中，一般只能用「に」，而不能用「から」、「～によって」。例如：

○雨《あめ》に降《ふ》られて風邪《かぜ》を引《ひ》いた。（×から、×によって）／被雨淋，所以感冒了。

○彼《かれ》は十三歳《じゅうさんさい》の年《とし》に父《ちち》に死《し》なれた。（×から、×によって）／他十三歲那一年死了父親。

○人々《ひとびと》は公害《こうがい》に悩《なや》まされている。（×から、×によって）／人們受公害所苦。

○私《わたし》は財布《さいふ》を掏《す》りに取《と》られた。（×から、×によって）／我的錢包被小偷偷走了。

○私《わたし》は足《あし》を他《ほか》の乗客《じょうきゃく》に踏《ふ》まれた。（×から、×によって）／

我的腳被旁邊的乘客給踩到了。

2 在一般被動句裡，有下面幾種情況：

（1）被動者、施動者都是有情物，而述語所用的動詞是與施動、受動都有關係的動詞，並且這一動詞要求有動作對象。如与《あた》える、聞《き》く、教《おし》える、たずねる、送《おく》る、頼《たの》む、命《めい》ずる、紹《しょう》介《かい》する、要求《ようきゅう》する、招待《しょうたい》する、質問《しつもん》する、答《こた》える等，既可以用に，也可以用から，並且多用から。例如：

○私《わたし》は田中《たなか》さんから(○に)台湾《たいわん》の事《こと》について色々《いろいろ》聞《き》かれた。／

田中先生向我問了很多台灣的事情。

○李《り》さんは内村《うちむら》から（○に）頼《たの》まれてそれを調《しら》べた。／

李先生受內村的委託調查了那件事。

但被動句裡另外用に作補語時，為了避免重複，則不再用に。例如：

○私《わたし》は校長先生《こうちょうせんせい》から(×に)野村社長《のむらしゃちょう》に紹介《しょうかい》された。／

我被校長先生介紹給了野村社長。

○内山《うちやま》さんは市民《しみん》たちから（×に）衆議院《しゅうぎいん》に選《えら》ばれた。／內山先生被市民選為眾議員。

（２）被動者、施動者都是有情物，述語所用的動詞屬於下面一些動詞：

①與愛憎好惡等感情有關的動詞，如愛《あい》する、憎《にく》む、好《この》む、嫌《きら》う、嫌《いや》がる、恐《おそ》れる

②與表揚、批評有關表示對人態度的動詞，如賛成《さんせい》する、反対《はんたい》する、信用《しんよう》する、尊敬《そんけい》する、歓迎《かんげい》する、批判《ひはん》する、褒《ほ》める、叱《しか》る等時，一般用から，也用に，但不用によって。例如：

○彼《かれ》は広《ひろ》く人々《ひとびと》から(○に)愛《あい》されている。／他廣受人們的愛戴。

○人《ひと》を嫌《きら》えば自分《じぶん》も人《ひと》から(○に)嫌《きら》われる。／討厭旁人的話，自己也會被旁人討厭。

○彼《かれ》は皆《みんな》から(○に)信用《しんよう》されている。／他受到人們的信任。

○宿題《しゅくだい》をやらなかったので、先生《せんせい》に(○から)叱《しか》られた。／因為沒有做作業，被老師責罵了。

3 由無情物即由客觀事物作主語構成的被動句子

這種句子是受西方語言影響的表達方式。這種無情物作主語的句子，多用に或によって。其中に是口語比較常用，而によって則是書面語言。一般不用から。它有下面三種情況：

（1）表示自然景物、地理情況時，多用に，而不用によって，當然也不用から。

○大地《だいち》はかんかんと太陽《たいよう》に（×によって）照《て》らされている。／大地被太陽曬得滾燙。

○山々《やまやま》は緑《みどり》に（×によって）覆《おお》われている。／群山籠罩在綠意之中。

○日本《にほん》は海《うみ》に（×によって）囲《かこ》まれた国《くに》である。／日本是個四面環海的國家。

（2）客觀地講某種事物、某種理論由某人完成的、建立的，這時雖可用に，但多用によって。

○それは森先生《もりせんせい》によって（○に×から）建《た》てられた病院《びょういん》である。／那是由森老師建立的醫院。

○彼《かれ》によって（○に×から）重大《じゅうだい》な事実《じじつ》が明《あき》らかにされた。／他發現了重大事實。

而被動者是無情物時多用によって。例如：

○あなた方《がた》は信仰《しんこう》によって（○に）救《すく》われるのだ。／你們將被信仰救贖。

（3）表示某種情況是由某種原因造成的，雖也用に，但更多使用によって。例如：

○運転手《うんてんしゅ》の不注意《ふちゅうい》によって、（○に）大事故《だいじこ》が起《お》こされた。／由於司機的不小心造成了重大事故。

○その建物《たてもの》は戦争《せんそう》によって（○に）破壊《はかい》されてしまった。／那棟建築被戰爭破壞了。

○十四歳《じゅうよんさい》の時僕《ときぼく》は家《いえ》を火事《かじ》によって（○に）焼《や》かれてしまった。／十四歲的時候，我家被一把火給燒光了。

以上是に、から、によって的主要用法的區別。

4 他動詞的受身態與同形自動詞的關係

1 他動詞的受身態與同形自動詞

他動詞的受身態（也稱作被動態）是在他動詞下面接受身助動詞れる、られる構成的。它表示**被**……、**受**……。例如：

他動詞	**他動詞受身態**
助《たす》ける	↓助《たす》けられる
見《み》つける	↓見《み》つけられる
捕《つか》まえる	↓捕《つか》まえられる
授《さず》ける	↓授《さず》けられる

染《そ》める　↓染《そ》められる

埋《うず》める　↓埋《うず》められる

例如：

○溺《おぼ》れるところを助《たす》けられた。／快被淹死的時候，得救了。

○授業中《じゅぎょうちゅう》に小説《しょうせつ》を読《よ》んでいるところを先生《せんせい》に見《み》つけられた。／在課堂中看小說的時候被老師發現了。

○それは秦《しん》の時代《じだい》に地下《ちか》に埋《うず》められた文物《ぶんぶつ》だ。／那是在秦朝時埋藏在地下的古物。

○犯人《はんにん》は静岡県《しずおかけん》の警察《けいさつ》に捕《つか》まえられた。／犯人被靜岡縣的警察捉住了。

所謂**同形自動詞**，即為與他動詞（如助《たす》ける、見《み》つける、捕《つか》まえる、授《さず》ける、染《そ》める、埋《うず》める）同一語幹的自動詞，如助《たす》かる、見《み》つかる、捕《つか》まる、授《さず》かる、染《そ》まる、埋《うず》まる等，它們是上述他動詞受身態的同形自動詞。即：

他動詞受身態　**同形自動詞**

助《たす》けられる　↓助《たす》かる

見《み》つけられる　↓見《み》つかる
捕《つか》まえられる　↓捕《つか》まる
授《さず》けられる　↓授《さず》かる
染《そ》められる　↓染《そ》まる
埋《うず》められる　↓埋《うず》まる

例如：

○溺《おぼ》れるところを助《たす》かった。／快被淹死的時候，得救了。
○悪戯《いたずら》をして先生《せんせい》に見《み》つかった。／惡作劇的時候，被老師發現了。
○雪《ゆき》に埋《うず》まって何処《どこ》が道《みち》か分《わ》からなかった。／埋在雪裡，不知哪裡是路。
○犯人《はんにん》はまだ見《み》つからない。／犯人尚未抓到。

上述他動詞的受身態與同形自動詞，形態、意義都近似，但使用的情況不同。

②兩者的關係

它們形態、意義雖近似，但講話人的心理出發點不同，使用的場合也不同。用他動詞受身態時，表示受到某人（即施動者）意識行動的影響而形成的情況；而用同形自動詞時則強調動作主體（主語）自動形成的某種情況，它僅僅是對客觀事物客觀地敘述。它們之間的關係有下面兩種情況：

1 句子的主語是有情物時，兩者都可使用，但有上述的不同。

例如：

○試験《しけん》の時《とき》、李君《りくん》がカンニングしているところを見《み》つけられた（○見《み》つかった）。／考試時，李同學作弊被老師發現了。

上述句子用見《み》つけられる與用見《み》つかる意思相同，譯成中文也完全相同，但實際上說話者的心理出發點不同：用見《み》つけられた時，強調老師是有意識查做弊的人，進而發現的；而用見《み》つかった時則含有自己不注意或者不巧讓老師發現了的含意。再比如：

○危《あや》うく凍《こご》え死《じ》にするところを助《たす》けられた（○助《たす》かった）。／差一點凍死的時候，得救了。

上述句子用助《たす》けられた時，強調被人救了，如被人發現了等。而用助《たす》かる時則強調自己沒

有凍死，得救了，這時既可能是被人救了，也可能是自己和風雪頑強搏鬥，終於得了救。總之兩者講話人的心理出發點不同。

2 句子的主語是無情物，並且是自然形成了某種情況，述語一般要用自動詞，而很少用他動詞的受身態。

如下面這些句子不能用他動詞受身態。

○なくなった鍵《かぎ》が見《み》つかった。（×見《み》つけられた）／找到了遺失的鑰匙。

○道《みち》はすかっり雪《ゆき》に埋《うず》まった。（×埋《うず》められた）／道路完全讓雪埋住了。

○西《にし》の空《そら》が茜色《あかねいろ》に染《そ》まった。（×染《そ》められた）／西邊的天空被染成了橘紅色。

5 中日文被動句的關係

儘管單獨地講れる、られる相當於中文的**被**、**讓**、**受到**等，但由於兩國語言的不同，使用的時候，很容易發生錯誤。有時中文沒有**被**、**讓**、**受到**等這樣表示被動的詞，但譯成日本語時則要用れる、られる；有時在中文裡使用了**被**、**讓**、**受到**之類的詞，日語則不譯出れる、られる等。在此為使讀者進一步了解兩國語言的不同，舉出幾個典型的例子供讀者參考。

1 中文裡沒出現表示被動詞的單詞，但句子含有被動的意思，譯成日語時則要用「れる」、「られる」。

○部屋《へや》は綺麗《きれい》に掃除《そうじ》されている。／房間打掃得乾乾淨淨。

○多《おお》くの建物《たてもの》はみなこの二三年来《にさんねんらい》建《た》てられたものである。／

許多建築物都是最近幾年蓋起來的。

○その本屋《ほんや》では毎月《まいつき》十幾冊《じゅういくさつ》の本《ほん》が発行《はっこう》されている。／

那家書店每個月發行十幾本新書。

○彼《かれ》の日《ひ》ごろの実力《じつりょく》が今度《こんど》の試験《しけん》の成績《せいせき》に充分反映《じゅうぶんはんえい》されていない。／

他平常的實力並沒有在這次考試的成績上充分發揮出來。

上述句子要是沒譯出れる、られる，就不合乎日語語言習慣，可以說是錯誤的。

2 中文的句子中，有表示被動的單詞，而在日語中有時則不能用「れる」、「られる」。例如：

○どうやらお金《かね》を落《お》としたらしい（×落《お》とされたらしい）／我好像把錢弄丟了。

○花子《はなこ》はこの着物《きもの》を着《き》てとても綺麗《きれい》です。（×花子《はなこ》に着《き》られて）／

這件衣服讓花子這麼一穿還真好看。

○彼《かれ》がこう言《い》ったので（×彼《かれ》に言《い》われて）私《わたし》はやっと分《わ》かった。／他一說，我才明白。

上述句子裡都有**讓**這個詞，但譯作日語時，譯成れる、られる，這是錯誤的。

6 使被役的用法

① 「使被役」是什麼

所謂**使被役**是在動詞下面接用了使役助動詞せる、させる，然後繼續在せる、させる下面接被役助動詞，即受身助動詞。例如：

動詞	**後接使役助動詞**	**再後接受身助動詞**
働《はたら》く	→ 働《はたら》かせる	→ 働《はたら》かせられる（〜される）
立《た》つ	→ 立《た》たせる	→ 立《た》たせられる（〜される）
歌《うた》う	→ 歌《うた》わせる	→ 歌《うた》わせられる（〜される）
考《かんが》える	→ 考《かんが》させる	→ 考《かんが》えさせられる

感心《かんしん》する　↓感心《かんしん》させる　↓感心《かんしん》させられる

五段動詞下面的せられる經常約音成される。

②使被役句的構成

它們構成下面句式：

（使役句）使動者Aが使役對象B に／を …動詞 せる／させる。

（使役役句）使役對象Bは使動者Aに動詞〈せ／させ〉られる。

例如：

1 ○先生《せんせい》は李《り》さんを立《た》たせた。／老師讓李同學站起來。

①○李《り》さんは（先生《せんせい》に）立《た》たせられた。（立《た》たされた）。／小李讓老師罰站了。

1 表示**老師讓李同學站了起來**，而①是小李作了主語，表示**小李在老師的命令下站了起來**。

③使被役的意義

它基本上表示下面兩種含義：

1 表示被迫的動作

即主語的動作不是主動進行的，而是在使動者的迫使下不得不進行的。因此它含有主語不願意、不高興的語氣。可譯作中文被迫…、不得不…、不得已…或彈性適當翻譯。

○李《り》さんは二十分間《にじっぷんかん》も立《た》たせられた。／李同學被罰站了二十分鐘。

○次郎《じろう》は時々《ときどき》兄《あに》に泣《な》かせられる。（○泣《な》かされる）／次郎常被哥哥弄哭。

○皆《みんな》の前《まえ》で歌《うた》わせられて（○歌《うた》わされて）恥《は》ずかしかった。／不得不在大家面前唱歌，很不好意思了。

○寄付金《きふきん》を出《だ》させられた（○出《だ》さされた）。／被迫捐了款。

○野村《のむら》さんは会社《かいしゃ》を辞《や》めさせられた。／野村先生被迫辭掉了公司的工作。

○この雨《あめ》の中《なか》を来《こ》させられた。／在這雨天裡還不得不來。

2 表示自發的行動

表示看到、聽到某種情況，不由得如何如何。可譯作中文的不禁…、不由得…。但這種用法使用時機不多。

○校長先生《こうちょうせんせい》のお話《はなし》を聞《き》いてすっかり考《かんが》えさせられた。／聽了校長的講話，我不禁深有所感。

○こうした好意《こうい》にまったく感激《かんげき》させられた。／對這些好意，我不勝感激。

○突然《とつぜん》の訪問《ほうもん》にびっくりさせられた。／對他的突然造訪，我不由得吃了一驚。

○なんとも言《い》えない親切《しんせつ》を感《かん》じさせられる。／我感到說不出的親切。

○日本人《にほんじん》の仕事《しごと》ぶりにまったく感心《かんしん》させられた。／日本人的工作態度使我深受感動。

第三章　可能助動詞れる、られる

1 可能助動詞「れる」、「られる」的接續關係及其意義、用法

①「れる」、「られる」的接續關係

可能助動詞有れる、られる，都接在意志動詞下面，其中れる接在五段活用動詞的未然形下面，られる接在五段活用動詞以外的動詞(即上下一段、カ行變格、サ行變格活用動詞的未然形)下面，都構成可能態。其中接在五段活用動詞的れる，一般與所接的五段動詞語尾相結合，約音成為與下一段動詞相同的詞。サ變動詞構成的～せられる通常約音成為される，但由於與受身形態相同，容易混淆所以不常使用。其餘的動詞不約音。例如：

動詞	**可能態**	**約音後的可能態**
書《か》く	→書《か》かれる	→書《か》ける

読《よ》む　↓読《よ》まれる　↓読《よ》める
起《お》きる　↓起《お》きられる　不約音
寝《ね》る　↓寝《ね》られる　不約音
来《く》る　↓来《こ》られる　不約音
する　↓できる
運動《うんどう》する　↓運動《うんどう》できる

如果不是意志動詞，在下面是不能接表示可能的れる、られる的。

② 可能句的構成

構成可能句時，自動詞作述語時，主語等沒有更多的變化，只是要在動詞下面接れる或られる；而他動詞作述語時，句子的主語多用は或には，而受詞下面用的助詞を一般改用が，表示可能的對象。例如：

○王《おう》さんは泳《およ》げる。／王先生會游泳。

○私《わたし》はもう走《はし》れない。／我再也跑不動了。

○私《わたし》たちはまだ日本語《にほんご》の小説《しょうせつ》が読《よ》めない。／我們還讀不太懂日文小說。

○早《はや》く寝《ね》れば早《はや》く起《お》きられる。／如果早點睡就能早點起床。

○今日用事《きょうようじ》があるから、今夜《こんや》のサッカー試合《しあい》が見《み》られない。／

今天有事，不能看今晚的足球比賽。

○腹一杯《はらいっぱい》でもう食《た》べられない。／已經吃飽了，再也吃不下了。

○明日《あす》は十時《じゅうじ》に来《こ》られる。／明天十點能到。

○周《まわ》りが騒《さわ》がしくて落《お》ち着《つ》いて勉強《べんきょう》されない（○勉強《べんきょう》できない）／

周圍很吵，不能安安靜靜地讀書。

最後一個句子由於勉強《べんきょう》されない容易與受身態相混淆發生誤解，因此常用勉強《べんきょう》できない。也就是說用サ変動詞できる、サ変動詞できない來代替、サ変動詞される、サ変動詞されない。

可能助動詞れる、られる與受身助動詞れる、られる的變化相同，即按下一段活用動詞的變化來進行變化，它同樣沒有命令形。

③可能句中受詞下面的助動詞「を」與「が」

如上所述在表示可能的句子中，受詞下面的助詞を多改用が，這時受詞則成為對象語。

例如：

○酒《さけ》を飲《の》む↓酒《さけ》が飲《の》める。

○新聞《しんぶん》を読《よ》む↓新聞《しんぶん》が読《よ》める。

○まだ日本語《にほんご》で手紙《てがみ》が書《か》けない。／還不能用日文寫信。

○日本《にほん》では三万円《さんまんえん》ぐらいでカラーテレビが買《か》える。／

在日本用三萬日元左右就可以買到彩色電視機。

在可能句中移動動詞前面所用的助詞を，一般也要變成が。例如：

○道《みち》を歩《ある》く。↓道《みち》が歩《ある》ける。

○空《そら》を飛《と》ぶ。↓空《そら》が飛《と》べる。

○この道《みち》が通《とお》れない。／這條路不通。

○彼《かれ》らにはあの北壁《ほくへき》が登《のぼ》れるだろうか。／他們能從北坡爬上去嗎？

但表示**出發**、**離開**的移動動詞前面用的を，一般不改用が。例如：

○国《くに》を出《で》る。↓国《くに》を出《で》られる。（×国《くに》が出《で》られる）

○故郷《ふるさと》を離《はな》れる。↓故郷《ふるさと》を離《はな》れられる。（×故郷《ふるさと》が離《はな》れられる）

○推測《すいそく》の域《いき》を出《で》ない。↓推測《すいそく》の域《いき》を出《で》られない。（×推測《すいそく》の域《いき》が出《で》られない）

④「れる」、「られる」的意義

可能助動詞れる、られる構成的句子，它的動作主體多是有情物，個別時候也可以是無情物。

1 表示某種能力。

相當於中文的能。

○一《いち》メートル八十《はちじゅう》なら私も跳《と》べる。／若是一公尺八十公分我也能跳過去。

○英語《えいご》の本《ほん》は読《よ》めるが、うまく話《はな》せない。／能看英文書，但講不好。

○孫《そん》さんはまだうまく泳《およ》げない。／孫先生還無法游得很好。

2 表示實現某種情況的可能條件。

相當於中文的能、可以等，或彈性的適當翻譯。

○あの料理屋《りょうりや》では一流《いちりゅう》の中華料理《ちゅうかりょうり》が食《た》べられる。／在那個餐館能吃到一流的中華料理。

○橋《はし》が大水《おおみず》に流《なが》され、川《かわ》が渡《わた》れなくなった。／橋被大水沖走了，過不了河。

3 表示某種東西的屬性、性能或價值。

這時的れる、られる仍接在意志動詞下面，但與動詞產生關聯的主體多是無情物，表示它們的屬性、性能或價值等。例如：

○この酒《さけ》はなかなか飲《の》める。／這個酒順口好喝。

○この本《ほん》は良《よ》く売《う》れる。／這本書賣得很好。

○それはなかなか読《よ》める本《ほん》だ。／那是值得一看的好書。

○ここには食《た》べられるような物《もの》を売《う》っている店《みせ》は一軒《いっけん》もない。／在這裡沒有一家店賣的東西能吃。

實際上上述例句中的飲《の》める、売《う》れる、読《よ》める分別形成了下一段活用的自動詞，關於它們的用法將在下一節裡進一步分析、研究。

2 同一形態的動詞可能態與同形自動詞的關係

動詞的可能態指五段活用動詞的可能態。例如：

動詞	**動詞可能態**	**動詞**	**動詞可能態**
行《い》く	↓行《い》ける	読《よ》む	↓読《よ》める
飲《の》む	↓飲《の》める	売《う》る	↓売《う》れる

另外也有一些下一段活用動詞，如行《い》ける、飲《の》める、読《よ》める、売《う》れる，它們與上述的行《い》く、飲《の》む、読《よ》む、売《う》る的可能態相同。但它們的意思稍有不同。

那麼它們之間有什麼不同呢？

1 下一段動詞構成的句子中，一般不會出現可能的動作主體，即不能用「A

は（には）Bが～」這一句型，一般不能換用與被動態形態相同的可能態，也不必換用「～ことができる」。它表示下面兩種意思：

①表示某種東西的屬性、性能、價值。

前面最後幾個例句中的飲《の》める、売《う》れる、読《よ》める都屬於這一用法。譯成中文時，要根據這下一段活用動詞本身的意義進行翻譯。例如：

○この菓子《かし》はなかなかいけるんだ。（×いかれる、×いくことが出来《でき》る）。／

這個點心很值得一吃。

○万年筆《まんねんひつ》がすらすら書《か》ける(×書《か》かれる、×書《か》くことが出来《でき》る)ので、原稿《げんこう》がはかどる。／

鋼筆很好用，所以稿子寫得很快。

②表示自然形成的情況。

這時不能換用與被動態相同的可能態，也不能換用ことができる，譯成中文時也要根據動詞本身的含義翻譯。

○知《し》らないうちに絵《え》が描《か》けている。（×描《か》かれている、×描《か》くことが出来《でき》る）／

不知不覺地就會畫畫了。

○どうしたわけかハンドルが取《と》れている。（×取《と》られている、×取《と》ることができる）／不知道什麼原因，門把掉了。

2 另一方面，動詞的可能態作句子的述語時，句子中可以出現具有某種能力的主體，即可以用「Aは（には）Bが〜れる」這一句型，當然A可以省略；也可以使用與被動形態相同的可能態，有時也可以換用「〜ことができる」。例如：

○遠《とお》くないなら（私《わたし》には）歩《ある》いていける。（○歩《ある》いていかれる、○歩《ある》いていく事《こと》ができる）因為不遠，我可以走過去。

○今日《きょう》は（われわれには）特級《とっきゅう》の酒《さけ》が飲《の》める（○飲《の》まれる、○飲《の》む事《こと》が出来《でき》る）から素敵《すてき》だ。／今天我們可以喝到頂級的酒，太棒了。

○彼《かれ》にはうまく字《じ》が書《か》ける（○書《か》かれる、○書《か》くことが出来《でき》る）から、彼《かれ》に書《か》いてもらおう。／他字寫得好，請他寫吧！

有些下一段活用動詞的形態與五段動詞的可能態完全相同，但意義不同，使用情況不同。

3 動詞的可能態與「～ことができる」

動詞的可能態與動詞ことができる都含有中文**能**的意思，但有時可互換使用，有時只能使用其中之一。

①兩者通用的場合

在表示有無某種能力時，兩者基本上可互換使用。例如：

○彼《かれ》には日本語《にほんご》が話《はな》せる。（○を話《はな》す事《こと》が出来《でき》る）／他會說日語。

○教員免許証《きょういんめんきょしょう》がなければ生徒《せいと》を教《おし》えられない。（○教《おし》える事《こと》が出来《でき》ない）／沒有教師證是不能教學生的。

○日本語《にほんご》が少《すこ》しできるが、日本語《にほんご》の歌《うた》は歌《うた》えない。（○歌《うた》う事《こと》が出来《でき》ない）／

多少會點日語，但不會唱日文歌。

只是動詞的可能態表示的意志性更強，因此它可以用～て（或で）いられる、～て（或で）いられない，而不能用～ていることができる、～ていることができない。

○何時間《なんじかん》もじっとしていられる。（×～ていることができる）／他可以一動也不動地待上好幾個小時。

○これはみんなの生活《せいかつ》に関《かん》する問題《もんだい》だから無関心《むかんしん》ではいられない。（×無関心《むかんしん》ではいる事《こと》が出来《でき》ない）／這是和大家生活有關的問題，不能不關心。

②只能用動詞可能態的情況

1 在表示事物的屬性、性能或價值時，這時五段動詞的可能態往往形成了一定的下一段活用動詞，而不用「～ことができる」。

○それはなかなか読《よ》める本《ほん》だ。／那是一本值得看的書。

○あの店《みせ》ではいろいろと食《た》べられるような物《もの》を売《う》っている。／那家店賣著各式各樣好吃的東西。

2 在含有可能含義的慣用句型，多已成了固定的說法，一般用動詞可能態，而不能換用「～ことができる」。例如：

○～かもしれない。／也許…

○手《て》におえない。／毫無辦法。

○割《わ》りきれない。／無法認同。

○気《き》が置《お》けない。／無隔閡。

○やり切《き》れない。／吃不消。

等都是這樣的慣用語。例如：

○彼《かれ》はもう出来《でき》ないかもしれない。／他也許再也無法了。

○日本《にほん》の夏《なつ》は蒸《む》し暑《あつ》くてやり切《き》れない。／日本夏天悶熱得令人吃不消。

○悪戯《いたずら》っ子《こ》で手《て》におえない。／拿這個調皮的孩子一點辦法都沒有。

○この人《ひと》は気《き》の置《お》けない道《みち》づれだ。／他是我推心置腹的朋友。

上述句子中的～かもしれない、やり切《き》れない、手《て》におえない、気《き》が置《お》けない都是慣用語，是固定的說法，不能用～ことができない。

4 他動詞的可能態與相對應的自動詞

他動詞的可能態是在他動詞下面接可能助動詞れる、られる構成的，如混《ま》ぜられる、儲《もう》けられる、閉《し》められる、沈《しず》められる、曲《ま》げられる等分別是混《ま》ぜる、儲《もう》ける、閉《し》める、沈《しず》める、曲《ま》げる等他動詞的可能態，它們表示能…、可以…等。

○水《みず》に油《あぶら》を入《い》れても混《ま》ぜられない。／水與油是無法混合在一起的。

○いくら高《たか》く見積《みつ》っても二万円《にまんえん》は儲《もう》けられない。／預估再怎麼多，也賺不到兩萬日元。

○病気《びょうき》が治《なお》ってから、この足《あし》が曲《ま》げられなくなった。／病好了之後，腿就無法彎了。

○氷《こおり》を沈《しず》めようとしてもなかなか沈《しず》められない。／要使冰沉下去，是怎樣都不可能的。

所謂相對應的自動詞，即與一些他動詞語幹相同、語尾不同的自動詞。如**混**《ま》**ざる**、**儲**《もう》**かる**、**しまる**、**沈**《しず》**まる**、**曲**《ま》**がる**則分別是**混**《ま》**ぜる**、**儲**《もう》**ける**、**しめる**、**沈**《しず》**める**、**曲**《ま》**げる**相對應的自動詞，它們也都含有**能**、**可能**…的意思。

○水《みず》は油《あぶら》と混《ま》ざらないが、アルコールとは混《ま》ざる。／水和油不能混在一起，但和酒精卻可以。

○こんな商品《しょうひん》は儲《もう》ける。／這樣的商品能賺錢。

○寝違《ねちが》えて首《くび》が右《みぎ》に曲《ま》がらなくなった。／睡覺落枕，脖子無法向右轉。

○氷《こおり》は水《みず》に沈《しず》まない。／冰不會沈入水底。

那麼他動詞的可能態與他動詞相對應的自動詞有什麼不同呢？如混《ま》ぜられる與混《ま》ざる有什麼不同呢？

上述他動詞的可能態與相對應的句型自動詞，雖都含有**能**、**可能**的意思，但說話者講話的出發點截然不同，使用的場合不同。用具有可能含義的自動詞時，表示主語自動地形成某種情況，它僅僅是對客觀事物的客觀敘述；而用他動詞的可能態時，則表示動作主體的人對動作對象是否有能力處理或能否完成某一動作。例如：

○窓《まど》は開《あ》かない。／窗戶打不開。

○窓《まど》は開《あ》けられない。／窗戶打不開。

這兩個句子乍看起來，意思是相同的。但說話者講話時出發點不同。用窓《まど》は開《あ》かない則表示窗戶打不開這一客觀情況，如飛機的窗子，具有空調設備的窗子等都是打不開的；用窓《まど》は開《あ》けられない則表示說話者要打開某個窗子，但怎麼也打不開。

一般說具有可能含義的自動詞，在表示可能時，有下面兩種用法：

1 表示客觀事物本來的「能不能」

它一般表示事物的狀態，也就是表示某一客觀事物本身能否形成某種情況，這時不能換成同義的他動詞可能態，即不能用他動詞れる。

○氷《こおり》は沈《しず》まない。／冰不會沈下去。

○水《みず》と油《あぶら》は混《ま》ざらない（×混《ま》ぜられない）／水和油不會混在一起。

○白血病《はっけつびょう》にかかったら、もう助《たす》からない（×助《たす》けられない）／

得了白血病，就沒辦法治了。

○飛行機《ひこうき》の窓《まど》は開《あ》かない。／飛機的窗戶打不開。

上述句子都表示事物的屬性或客觀的情況，是不能用同形他動詞れる的。

2 表示動作主體（多是人）的「能與不能」

這樣的句子都可以在句首用「私《わたし》は」、「彼《かれ》は」之類的動作主體，因此這樣一些句子可以用他動詞れる。

○(私《わたし》は) いくら努力《どりょく》しても彼《かれ》と差《さ》が縮《ちぢ》まらなかった (○縮《ちぢ》められなかった) ／

我怎樣努力，也縮小不了和他之間的差距。

○(私《わたし》は) 腕《うで》が痛《いた》くて手《て》が上《あ》がらない。(○上《あ》げられない) ／我胳臂痛，手舉不起來。

○(私《わたし》は) 年取《としと》ったので、体《からだ》が硬《かた》くなって手先《てさき》が地面《ちめん》に着《つ》かない。(○着《つ》けられない) ／

我上了年紀，身子變硬了，手碰不到地。

5 中日文可能句的關係

單獨地講日語的可能態相當於中文的**能**、**可能**、**可以**等，但有時中文裡有**能**的句子，譯成日文時，不一定是用れる、られる。例如：

×会議《かいぎ》が午後五時《ごごごじ》に終《お》われる。（○終《お》わる）／會議下午五點就能結束。

×この列車《れっしゃ》は午後二時《ごごにじ》に台北《たいぺい》に着《つ》ける。（○着《つ》くだろう）／這列火車下午兩點就能到台北。

因為這些動詞都是無意志動詞，不能在下面接れる、られる。再比如：

×今《いま》行っても遅《おく》れられない。（○遅《おく》れる事《こと》はない）／現在去也不晚。

×十月《じゅうがつ》に入《はい》ったばかりだから雪《ゆき》は降《ふ》れない。（○降《ふ》る事《こと》はない）／現在剛進入十月還下不了雪。

上述兩個句子之所以錯誤也是由於無意志動詞，不能在下面接れる、られる的關係。

第四章　自發助動詞れる、られる

1 自發助動詞「れる」、「られる」的接續關係

自發助動詞有れる、られる，有的學者認為它是可能助動詞的一部分，本書為了便於進一步講解，將它歸為一章進行說明。れる、られる只接在一少部分與人們思維活動、感情、感覺有關的動詞下面。其中れる接在五段活用動詞未然形下（有的約音，有的不約音）；られる接在上、下一段活用動詞、サ變格活用動詞的未然形下面，其中サ變動詞～せられる約音～される成為。常用的有：

動詞	**後接自發助動詞**	**約音形態**
思《おも》う	↓思《おも》われる	↓思《おも》える
泣《な》く	↓泣《な》かれる	↓泣《な》ける
笑《わら》う	↓笑《わら》われる	↓笑《わら》える

思《おも》い出《だ》す　↓思《おも》い出《だ》される

偲《しの》ぶ　↓偲《しの》ばれる

待《ま》つ　↓待《ま》たれる

言《い》う　↓言《い》われる

考《かんが》える　↓考《かんが》えられる

案《あん》じる　↓案《あん》じられる

感《かん》ずる　↓感《かん》ぜられる

心配《しんぱい》する　↓心配《しんぱい》せられる　↓心配《しんぱい》される

予《よ》想《そう》する　↓予《よ》想《そう》せられる　↓予《よ》想《そう》される

れる、られる的活用與受身助動詞、可能助動詞相同，按下一段活用動詞變化來變化。

2 自發助動詞的意義及其用法

自發助動詞有下面兩種用法：

1 表示自發的感情、想法

表示由於受到客觀事物的影響而自發地產生某種感情、想法。一般構成：

主語Aは（**には**）**對象語Bが動詞れる**（**られる**）句型來用，當然做為動作主體的A可以省略。

可譯作中文的不由得、禁不住、情不自禁地、總是等。

○この写真《しゃしん》を見《み》る度《たび》に死《し》んだ父《ちち》のことが思《お》い出《だ》されます。／

每次看到這張照片，就不由得想起死去的父親。

○どうも息子《むすこ》の身《み》の上《うえ》が案《あん》じられます。／總是不由自主地惦記著兒子的情況。

○私《わたし》にはこの文章《ぶんしょう》が少《すこ》し難《みずか》しく感《かん》じられます。／我總覺得這篇文章有點難。

○私《わたし》には母《はは》のことが心配《しんぱい》されてならない。／我總是擔心著母親，擔心得不得了。

○ふるさとの山河《さんが》が偲《しの》ばれます。／總是思念故鄉的一山一水。

○夏《なつ》の到来《とうらい》が待《ま》たれる今日《きょう》、何《なん》となく寂《さび》しく思《おも》われる。／在等待著夏天到來的今天，總覺得有些寂寞。

其中，思《おも》われる、泣《な》かれる、笑《わら》われる有時可以說成思《おも》える、泣《な》ける、笑《わら》える，意思不變。

○僕《ぼく》にはどうしてもそう思《おも》える。／我總是這麼感覺。

○いくら泣《な》いても泣《な》けて泣《な》けてしようがありませんでした。／不管怎麼哭還是無法克制得哭個不停。

○あのことを思《おも》い出《だ》すたびに一人《ひとり》でに笑《わら》えてくる。／一想起那件事情就不由得笑了起來。

②表示委婉的斷定

這種表達方式是日語中一個突出的特點，它既表示了講話人的謙遜，也表示把話講得保留，避免武斷，所以喜歡講話含蓄的日本人常用這麼一表達方式，來表達自己的意見。另外，廣播、報紙、演講、座談等也常用這種表達方式。具體地有下面兩種情況：

1　在演講、座談或在其他場合發言時，說話者為了把話講得委婉一些，常使用這種表達方式。

常用的詞有「思《おも》われる」、「考《かんが》えられる」，多構成：

（私《わたし》には　）～　と　思《おも》われる
　私《わたし》は　　ように　考《かんが》えられる

句型來用，其中主語的私《わたし》には、私《わたし》は經常省略。可譯作中文的我想、我認為。例如：

○世代《せだい》が違《ちが》えば考《かんが》え方《かた》も違《ちが》うのは当然《とうぜん》のことだと思《おも》われます。／年齡不同，想法也不一樣，我認為這是理所當然的。

○外国語《がいこくご》を学《まな》ぶ人が増《ふ》えるのは好《この》ましい事《こと》だと思《おも》われます。／我認為學習外語的人增加，是一件好事。

○今後《こんご》海外《かいがい》との文化《ぶんか》交流《こうりゅう》はますます盛《さか》んになるように思《おも》われます。／我認為今後和國外進行的文化交流將會更加頻繁起來。

○このような傾向《けいこう》は日本《にほん》だけではないと考《かんが》えられます。／我認為這種傾向不僅僅在日本發生。

○こちらは日本《にほん》より少《すこ》し暑《あつ》いように思《おも》われます。／我認為這裡比日本稍熱一些。

上述一些句子本來不用思《おも》われる、考《かんが》えられる意思也是完整的，但用了思《おも》われる、考《かんが》えられる則更合乎日語的語言習慣，語氣更加緩和，話講得保留而不生硬。

2 報章、雜誌、廣播、電視等為了避免武斷經常用這一委婉的表達方式。

一般用小句子と～られる這一句型，並且不用大主語，常用的有思《おも》われる、考《かんが》えられる、見《み》られる、認《みと》められる、予想《よそう》される、想像《そうぞう》される等。有些人認為它是受身助動詞，本書將它歸入了自發助動詞，因為它是屬於一種比較委婉避免武斷的表達方式。可譯作中文的可以認為、普遍認為、可以想像、可以預料等。

○長期予報《ちょうきよほう》によると、今年《ことし》の冬《ふゆ》はかなり寒《さむ》さが厳《きび》しいものと思《おも》われます。／據累積預報數據顯示，今年的冬天將會相當地冷。

○日本列島《にほんれっとう》は大昔《おおむかし》はアジア大陸《たいりく》と繋《つな》がっていたものと考《かんが》えられる。／可以推斷日本列島在遠古時代是和亞洲大陸相連的。

○台風六号《たいふうろくごう》は今夜《こんや》台湾《たいわん》に上陸《じょうりく》すると予想《よそう》されます。／預計六號颱風今晚將在台灣登陸。

○この夏《なつ》の暑《あつ》さも今週《こんしゅう》が峠《とうげ》と見《み》られます。／可以預見今年夏季最高溫將出現在這一週。

第五章　尊敬助動詞れる、られる

1 尊敬助動詞「れる」、「られる」的接續關係及其意義與用法

尊敬助動詞也稱作**敬語助動詞**，它只有れる、られる兩種接續方式。接續關係與受身助動詞相同，れる接在五段活用動詞的未然形下面，られる接在上、下一段活用動詞、カ行變格活用動詞以及サ行變格活用動詞的未然形下面，其中接在サ變動詞下面時，構成～せられる，然後約音成為される。例如：

動詞	**接尊敬助動詞**	**約音形態**
書《か》く	↓書《か》かれる	
立《た》つ	↓立《た》たれる	
起《お》きる	↓起《お》きられる	
教《おし》える	↓教《おし》えられる	

来《く》る　↓来《こ》られる

する　↓せられる　↓される

研究《けんきゅう》する　↓研究《けんきゅう》せられる　↓研究《けんきゅう》される

它的活用與受身助動詞變化相同，按下一段活用動詞變化而變化，但沒有命令形。

它們主要表示對聽話者或話題中人物（多是上級尊長等）的尊敬，在中文中往往不特別將其譯出。例如：

○内山先生《うちやませんせい》は明日《あす》午前《ごぜん》九《く》時に台北《たいほく》を発《た》たれます。／内山老師明天早上九點從台北出發。

○先生《せんせい》はもう東京《とうきょう》への切符《きっぷ》を買《か》われましたか。／老師已經買到了往東京的機票了嗎？

○お爺《じい》さんは毎朝《まいあさ》起《お》きられてから何《なに》をなさいますか。／老爺爺每天早上起來做什麼呢？

○あの方《かた》はいつごろ来《こ》られたのですか。／那一位（他）是什麼時候來的？

○あの先生《せんせい》は今年《ことし》の四月《しがつ》に外《ほか》の学校《がっこう》へ転任《てんにん》されるそうです。／

聽說那位老師今年四月要調到其他學校去。

2 其他的尊敬敬語表達方式

除了助動詞れる、られる可以構成尊敬敬語來表示對對方或話題中人物（多是尊長、上級）表示尊敬以外，還可以用お～になる、ご～になる，也可以用お～なさる、ご～なさる表示相同的意思。

1 お～になる、ご～になる

お～になる構成お和語動詞連用形になる；ご～になる構成ご漢語動詞語幹になる，表示對聽話者或話題中人物（多是尊長、上級）的尊敬。例如：

○あなたもその噂《うわさ》をお聞《き》きになりましたか。／您也聽到那個傳聞了嗎？

○この薬《くすり》は食後《しょくご》にお飲《の》みにならなければなりません。／這個藥請務必在飯後吃。

○その事《こと》についてご相談《そうだん》になりましたか。／關於那件事情你們商量過了嗎？

○一日《いちにち》も早《はや》くご回復《かいふく》になれば、みんなにとって幸《さいわ》いだと思《おも》います。

您早日康復是大家所樂見的事。

2 お～なさる、ご～なさる

なさる是する的尊敬語動詞，表示**做**，它構成お和語動詞連用形なさる、ご漢語動詞語幹なさる來用，都表示對聽話的對方或話題中人物（多是尊長、上級）的尊敬。例如：

○あなたもその噂《うわさ》をお聞《き》きなさいましたか。／您也聽到那個傳聞了嗎？

○この薬《くすり》は食後《しょくご》にお飲《の》みなさらなければなりません。／這個藥請務必在飯後吃。

○中山先生《なかやませんせい》はもうご出発《しゅっぱつ》なさいましたか。／中山老師已經出發了嗎？

○于先生《うせんせい》は日本《にほん》の万葉集《まんようしゅう》についてご研究《けんきゅう》なさっているそうです。／

聽說于老師正在研究日本的萬葉集。

以上是尊敬語的兩種表現方式，但有的動詞卻不能使用上述表達方式，而要用敬語動詞或使用其他的方式來表達。例如：

一般動詞	敬語動詞	可用的敬語其他表達方式
行《い》く	いらっしゃる	行《い》かれる、おいでになる
来《く》る	いらっしゃる	来られる、おいでになる、お見《み》えになる
いる	いらっしゃる	おられる
食《た》べる	召《め》し上《あ》がる	
言《い》う	おっしゃる	言《い》われる
する	なさる	される
ある	ござる	
見《み》る	ご覧《らん》になる	
寝《ね》る	お休《やす》みになる	お休《やす》みなさる
死《し》ぬ	おなくなりになる	なくなりになられる

例如：

○先生《せんせい》はこの間《あいだ》東京《とうきょう》へいらしゃいましたね。（○おいでになりましたね）

老師前些天去了東京一趟的樣子。

○先生《せんせい》は毎晩何時《まいばんなんじ》にお休《やす》みになりますか。／老師每天晚上都幾點休息？

○于先生《うせんせい》は今万葉集《いままんようしゅう》についての論文《ろんぶん》を書《か》いていらっしゃるそうです。／聽說于老師最近在寫有關萬葉集的論文。

○中山《なかやま》さんは台湾《たいわん》の映画《えいが》をご覧《らん》になったことがございますか。／中山先生看過台灣的電影嗎？

3 三種尊敬用語表達方式的關係

1 從意義上來說，三者基本相同，都表示對聽話者以及話題中的人物（如尊長、上級等）的尊敬

但尊敬程度三者稍有不同：其中れる、られる的尊敬程度最低；お～になる（ご～になる）以及敬語動詞居中；而お～なさる（ご～なさる）尊敬程度最高。例如：

○社長《しゃちょう》はもう東京《とうきょう》から
- 帰《かえ》られました。
- お帰《かえ》りになりました。
- お帰《かえ》りなさいました。

社長已經從東京回來了。

○李《り》さんは今《いま》日本《にほん》の部落民《ぶらくみん》について
研究《けんきゅう》されています。
ご研究《けんきゅう》になっています。
ご研究《けんきゅう》なさっています。

李先生現在正在研究日本部落居民問題。

上面用れる（られる）、お～になる（ご～になる）、お～なさる（ご～なさる）構成的句子意思是相同的。由於れる、られる尊敬程度較輕，女性很少使用這一形式，而在打工性質的職場上則反而卻多用れる、られる，由於れる、られる與受身助動詞、可能助動詞的形態相同，很容易混淆，因此一些外語學習者提倡少用れる、られる，而盡量多用お～になる、ご～になる或お～なさる、ご～なさる，這樣一來使用れる、られる的情況便逐漸減少，而多用お～になる（ご～になる）、お～なさる（ご～なさる）來代替。例如：

？先生《せんせい》は毎朝《まいあさ》何時《なんじ》に起《お》きられますか。

這個句子既可以理解為**老師幾點起床**？也可以理解為**老師幾點能夠起床**？語意不夠清楚。

如果用尊敬語要說：

○先生《せんせい》は毎朝《まいあさ》何時《なんじ》お起《お》きになりますか。（或用「お起《お》きなさいますか」）／老師每天早上幾點起床呢？

2 尊敬語的可能形表達方式

在表示可能時，不能在動詞可能態下面再接れる、られる，也就是不能用可能動詞られる。例如：

書《か》く↓書《か》ける↓×書《か》けられる

読《よ》む↓読《よ》める↓×読《よ》められる

這時要用お和語動詞連用形になれる、ご漢語動詞語幹になれる，其中的なさる是動詞なる的可能態，表示敬語的**能**。例如：

○先生《せんせい》はいつごろ学校《がっこう》にお帰《かえ》りになれるのですか。／老師什麼時候能回學校？

○先生《せんせい》は二三日《にさんにち》のうちにお発《た》ちになれますか。／老師在兩三天內能出發嗎？

○車《くるま》があいていればいつでもご利用《りよう》になれます。／車子沒有人用時，您隨時都可以使用。

○同窓会《どうそうかい》は日曜日《にちようび》の午後《ごご》ですから、先生《せんせい》もご参加《さんか》になれると思《おも》います。

同學會在星期天的下午召開，我想老師也能參加。

3 命令句的表達方式

尊敬語れる、られる、お～になる、ご～になる都不能構成命令句，只有用お～なさる、ご～なさる可以構成命令句。這時一般用お和語動詞連用形なさい、ご漢語動詞語幹なさい作命令句。例如：

○お入《はい》りなさい。／請進！

○できるだけ栄養分《えいようぶん》のある物《もの》をおとりなさい。／請盡量吃一些有營養的東西！

○どうぞご安心《あんしん》なさい（ませ）。／請您放心！

動詞前面的お、ご還可以省略。例如：

○入《はい》りなさい。／請進！

○どうぞ、安心《あんしん》しなさい。／請放心！

但這種說法，已經沒有什麼尊敬的含義，都是一般的命令句。而お～なさい、ご～なさい的敬意也是較低的，因此往往用お和語動詞連用形ください、ご漢語動詞語幹ください來代替上述說法。

○お入《はい》りください。／請進！

○できるだけ栄養分《えいようぶん》のある物《もの》をおとりください。／請盡量吃一些有營養的東西！

○どうぞご安心《あんしん》ください(ませ)。／請放心！

第六章　否定助動詞ない、ぬ

否定助動詞日本語也稱作「打消助動詞」，它有和兩種形態不同的助動詞，都表是否定。

1 否定助動詞「ない」

①否定助動詞「ない」的接續關係

它接在動詞以及動詞行助動詞れる、られる、せる、させる等的未然形下面構成否定態。

例如：

読《よ》む→読《よ》まない　　勉強《べんきょう》する→勉強《べんきょう》しない

教《おし》える→教《おし》えない　　許《ゆる》される→許《ゆる》されない

見《み》える→見《み》えない　　来《こ》られる→来《こ》られない

来《く》る↓来《こ》ない　　行《い》かせる↓行《い》かせない

する↓しない

但ない不能接在動詞ある下面，即不用あらない，而用ない表示ある的否定，但這時的ない不是助動詞，而是形容詞。

上述連語中的ない都是否定助動詞，表示否定，相當於中文的不、沒有。

② 「ない」的活用

ない和形容詞活用變化相同，有未然形、連用形、終止形、連體形、假定形，但沒有命令形。

★終止形、連體形　都用ない。

○王《おう》さんは酒《さけ》を飲《の》まないし、たばこも吸《す》わない。／王先生既不飲酒，也不抽菸。

○気《き》をつけないと、思《おも》わぬ失敗《しっぱい》をするぞ。／不小心點，可是會招來意想不到的失敗喔！

○あの人《ひと》は感情《かんじょう》では動《うご》かない人《ひと》だ。／他是不動感情的人。

★未然形　用なかろ，後接う，表示推量。

○まさか雪《ゆき》が降《ふ》らなかろう。／大概不會下雪吧！

○それだけでは足《た》りなかろう。／只有那些是不夠的吧！

但實際使用上，一般用～ないだろう來代替なかろう。

★連用形 有兩種形態：

①用「なく」後接用言或助詞「て」、「ては」、「ても」等。例如：

○どうしたらいいか分《わ》からなくなった。／不知道怎樣做才好了。

○様子《ようす》が分《わ》からなくて困《こま》っている。／不知道情況很困擾。

○早《はや》く行《い》かなくてはならない。／必須早一點去。

○辞書《じしょ》を引《ひ》かなくても読《よ》める。／不查字典也讀得懂。

②用「なかっ」後接「た」、「たり」、「たら」。

○私《わたし》はちっとも知《し》らなかった。／我一點也不知道。

○知《し》らなかったら、行《い》かなくていい。／如果不知道的話不去也可以。

○練習《れんしゅう》したりする時《とき》もあるが、しなかったりする時《とき》もある。／有時候練習，有時候不練習。

★**假定形** 用なけれ後接ば，表示假定。

○水泳《すいえい》ができなければ、一人《ひとり》で海《うみ》には行《い》ってはいけない。／如果不會游泳，就不要一個人下海。

○八時《はちじ》までに是非《ぜひ》着《つ》かなければならない。／八點以前必須到達。

3 助動詞「ない」的意義、用法

1 最基本的含意是表示否定。相當於中文的「不」、「沒有」。

這點在前面已經提到，不再重複。

2 用「～ないか」、「～ないかしら」表示勸誘、徵求對方的同意，有時也省略「か」、「かしら」，只用「ない」。講話時句末用上升語調。相當於中文的「不…嗎？」

○君《きみ》も一緒《いっしょ》に行《い》かないか。／妳不一起去嗎？

○さあ、そろそろ始《はじ》めないか。／那麼差不多要開始了嗎？

○三郎《さぶろう》はその映画《えいが》を見《み》に行《い》かないかしら。／三郎不去看那部電影嗎？
○疲《つか》れたからもうやめない？／已經累了，還不放棄嗎？
有時也用～くれないか表示拜託。相當於中文的…好嗎？
○君《きみ》も手伝《てつだ》ってくれないか。／妳也來幫忙好嗎？
○もう一度《いちど》言《い》ってくれないか。／再說一遍好嗎？

3 用「ないで」　它是在下面省略了「くれ」、「ください」的說法，表示懇請對方不要如何如何。相當於中文的「不要…」。

○恥《は》ずかしいから見《み》ないで。／不好意思啦！不要看！
○約束《やくそく》の時間《じかん》に遅《おく》れないで。／約定的時間不要遲到啊！
以上是助動詞ない的基本意義和用法。

4 形容詞「ない」的接續關係、意義、用法

值得注意的是：ない也是形容詞的一種。如①獨立使用的ない；②接在形容詞、形容詞型

助動詞連用形下面的ない；③接在形容動詞、形容動詞型助動詞連用形下面的ない，它們與助動詞的ない形態完全相同，但這時的ない是形容詞，而不是助動詞。例如：

時間《じかん》↓時間《じかん》はない　行《い》きたい↓行《い》きたくない

悪《わる》い↓悪《わる》くない　丈夫《じょうぶ》↓丈夫《じょうぶ》ではない

難《むずか》しい↓難《むずか》しくない　労働者《ろうどうしゃ》↓労働者《ろうどうしゃ》ではない

上述連語中的ない，雖然與助動詞ない形態相同，但它們都是形容詞，接在形容詞、形容動詞等連用形下面。例如：

○金《かね》もないし、時間《じかん》もないし、旅行《りょこう》はやめにした。／既沒有錢，也沒有時間，只好取消旅行了。

○今度《こんど》の試験問題《しけんもんだい》はあまり難《むずか》しくなっかた。／這次的考題不太難。

○あの人《ひと》は日本語《にほんご》があまり得意《とくい》ではないようだ。／他似乎不太擅長日語。

○これは君《きみ》でなければ出来《でき》ない事《こと》だ。／這件事情只有你能做到。

上述句子裡的ない都是形容詞。

2 否定助動詞「ぬ（ん）」

它是用在口語裡的文語表現。

1「ぬ」的接續關係

接在動詞及動詞型助動詞未然形下面，其中接在サ變動詞未然形下面時，緊接在せ的下面。ぬ有時約音成為ん。

読《よ》む→読《よ》まぬ（ん）　勉強《べんきょう》する→勉強《べんきょう》せぬ（ん）
教《おし》える→教《おし》えぬ（ん）　来《こ》られる→来《こ》られぬ（ん）
起《お》きる→起《お》きぬ（ん）　許《ゆる》される→許《ゆる》されぬ（ん）
来《く》る→来《こ》ぬ（ん）　行《い》かせる→行《い》かせぬ（ん）

する→せぬ（ん）

但它不能接在ある下面，ある否定形式用形容詞ない。

上述連語中的ぬ（ん）都是否定助動詞，都表示否定。相當於中文的不。

②「ぬ」的活用

它的活用型特殊，是不規則的。它只有連用形ず、終止形ぬ（ん）、連體形ぬ（ん）、假定形ぬ，而沒有未然形、命令形。

★**終止形**　用ぬ（ん）。

○父《ちち》はまだ起《お》きぬ（ん）。／爸爸還沒起床。

○俺《おれ》に分《わ》からぬ（ん）。／我不懂。

○彼《かれ》は酒《さけ》も飲《の》まぬし、たばこも吸《す》わぬ。／他既不喝酒，也不抽菸。

★**連體形**　用ぬ（ん）。

○この事《こと》を知《し》らぬ（ん）ものはない。／沒有人不知道這件事的。

○ちょっと見《み》ぬ間《ま》に大《おお》きくなった。／幾天不見就長大了。

另外文語否定助動詞ず的連體形ざる也經常用在口語裡，可換用口語的連體形ぬ。例如：

○少《すく》なからざる(○ぬ)努力《どりょく》が必要《ひつよう》だ。／需要更多的努力。

○日本《にほん》は持《も》たざる(○ぬ)国《くに》だといわれていた。／過去日本被稱為沒有資源的國家。

★**連用形**　用ず、ずに，其中ず表示中止或做副詞用；ずに做連用修飾語用。例如：

○酒《さけ》も飲《の》まず、たばこも吸《す》わぬ。／既不喝酒，也不抽菸。

○今度《こんど》の地震《じしん》で僕《ぼく》の家《いえ》は倒《たお》れもせず、焼《や》けもせず、全《まった》く無事《ぶじ》だった。／這次的地震，我家沒有倒塌，也沒失火，平安無事。

○仕事《しごと》もせず、ぶらぶらしている。／工作也不做，整天閒著。

○文句《もんく》を言《い》わず、さっさと仕事《しごと》をしろ。／不要說三道四，快做事！

○今日《こんにち》はどうも言《い》わずに入《はい》って来《き》た。／連聲招呼都不打就進來了。

○気《き》に入《い》った物《もの》がないので、何《なに》も買《か》わずに帰《かえ》って来《き》た。／沒有看到喜歡的東西，什麼也沒有買就回來了。

○思《おも》わずあっと叫《さけ》んだ。／不由得「啊」地喊了一聲。

★**假定形**　用ぬ後接ば構成順接假定條件。

○早《はや》く行《い》かねば間《ま》に合《あ》わんぞ。／不快點去，會來不及喔！

○今週《こんしゅう》のうちにこの論文《ろんぶん》を書《か》きあげねばならない。／必須在這一週內，將這個論文寫完。

3 ～なくて、～ないで、～せずに

三者都可以連接前後兩項，表示中止或做連用修飾語來用，但它們使用的場合不同。

① なくて

是否定助動詞ない連用形なく後接て構成的。有下面兩種用法：

1 表示前項與後項相對立，這時前後兩項多是兩個主語。

○これは序論《じょろん》に過《す》ぎなくて、これからが本論《ほんろん》です。／這不過是序論，下面才進入本論。

○あの人《ひと》は何《なに》もしなくて、やったのは私《わたし》です。／他什麼都沒做，都是我做的。

○雨《あめ》が降《ふ》らなくて、雪《ゆき》が降《ふ》り出《だ》した。／沒有下雨，卻下起了雪。

2 表示前項成為後項的原因，含有「因為」的意思。例如：

○うまく説明《せつめい》できなくて困《こま》った。／無法好好解釋清楚，傷腦筋。

○金《かね》を持《も》っていなくて買《か》えなかった。／沒有帶錢，沒辦法買。

○時間《じかん》が足《た》りなくて全部《ぜんぶ》答《こた》えることができなかった。／因為時間不夠，沒有全部作答。

它可以用~なくては構成順態假定條件或順態確定條件。表示如果不…、因為…。

○雨《あめ》が降《ふ》らなくては田《た》植《う》えもできません。／不下雨，就不能插秧。

○よく勉強《べんきょう》しなくては落第《らくだい》するかもしれません。／不好好用功，可能會留級。

○よく練習《れんしゅう》しなくてはできないのは当《あ》たり前《まえ》です。／不好好練習，那當然不會了。

用~なくてはならない表示必須…。

○習《なら》った文章《ぶんしょう》を暗誦《あんしょう》しなくてはなりません。／必須把學到的文章背下來。

接在形容詞、形容詞動詞下面的形容詞ない，也可以在連用形なく下面接て構成なくて來用，表示下面兩種意思：

①表示前後兩項的對立或表示中止。

○物《もの》が高《たか》くなくていい。／東西不貴且品質很好。

○部屋《へや》が狭《せま》くなくてきれいです。／房間不小而且很乾淨。

②表示前項是後項的原因、理由。

○お金《かね》がなくて困《こま》っている。／沒有錢所以很困擾。

○あまり大《おお》きくなくて使《つか》いやすい。／不太大，使用起來很方便。

2 〜ないで

是否定助動詞ない的終止形下面接で構成的，多構成連用修飾語來用，有下面三種用法：

①後接補助動詞「くださる」，也後接補助形容詞「ほしい」等構成慣用形，表示請求、命令、希望等。

○何《なに》も聞《き》かないでください。／請你什麼都別問了。

○何《なに》も言《い》わないで欲《ほ》しい。／請你什麼都不要再說了。

②省略「ください」、「ほしい」等，只用「～ないで」結尾，表示對對方的請求、命令（已經在本章第一節説明）。

○どこへも行《い》かないで。／你哪都別去！

○当分《とうぶん》誰《だれ》にも言《い》わないで。／暫時別跟任何人説！

③用「ないで」做為連用修飾語修飾下面的述語。

○昨日《きのう》は少《すこ》しも勉強《べんきょう》しないで遊《あそ》びに行《い》った。／昨天完全沒唸書就跑出去玩了。

○あの人《ひと》は人《ひと》の言《い》う事《こと》は聞《き》かないで出《で》て行《い》った。／他不理旁人就這麼出去了。

○雨《あめ》が降《ふ》っているのに、傘《かさ》を差《さ》さないで歩《ある》いている。／外面下著雨，他卻連傘也不撐就在外面走。

○彼《かれ》は靴《くつ》も脱《ぬ》がないで寝《ね》ている。／他鞋都沒有脫，就睡著了。

○弟《おとうと》は朝飯《あさめし》もとらないで学校《がっこう》へ行《い》った。／弟弟連早餐也沒吃，就上學去了。

從以上説明可以知道：ないで與なくて是沒有共同點的，一般不能互換使用。只是下面這種情況例外。

○雨《あめ》が降《ふ》らなくて雪《ゆき》が降《ふ》った。（中止、對立）／沒有下雨，卻下起了雪。

○雨《あめ》が降《ふ》らないで雪《ゆき》が降《ふ》った。（連用修飾）／沒有下雨，卻下起了雪。

這樣的句子之所以既能夠用なくて也可以用ないで，是因為在此なくて可表示中止與對立，而ないで則是作為連用修飾語，修飾下面的句子，所以兩者都可以用。

3 ～ずに

是否定助動詞ぬ的連用形，作為連用修飾語修飾下面的述語時，可與ないで互換使用。

○昨日《きのう》は少《すこ》しも勉強《べんきょう》せずに（○しないで）遊《あそ》んでいた。／昨天完全沒念書就跑去玩了。

○雨《あめ》が降《ふ》っているのに、傘《かさ》も差《さ》さずに(○差《さ》さないで)歩《ある》いている。／下著雨，卻連傘也不撐就在外面走。

○弟《おとうと》は朝飯《あさめし》もとらずに(○とらないで)学校《がっこう》へ行《い》った。／弟弟連早餐都沒有吃，就上學去了。

另外，下面的說法是不通的。

×何《なに》も聞《き》かずにください。

×何《なに》も言《い》わずにほしい。

但可以用ずにいる，這時與～ないでいる可以互換使用。因為這時的いる是主要動詞，是句子的述語，而～ずに、～ないで都是它的連用修飾語，修飾いる的，因此可互換使用。

○何《なに》も聞《き》かないで(○聞《き》かずに)いた。／我什麼也沒有問。

○昨晩忙《さくばんいそが》しかったので、一晩中休《ひとばんじゅうやす》まないで（休《やす》まずに）いた。／

昨天晚上很忙，一夜都沒有休息。

4 否定助動詞「ない」構成的慣用型

1「～てはいけない」、「～てはならない」

兩者意思、用法大致相同，都表示禁止命令。只是～てはいけない是禁止對方不准……、不要……；而～てはならない則包括自己（說話者）在內，講我們不要……。

○乱《みだ》りに出入《ではい》りしてはいけない。／不准隨意進出！

○危《あぶ》ないんだから、水門《すいもん》の近《ちか》くで泳《およ》いではいけないんだよ。／危險！不要在水閘附近游泳！

○自転車《じてんしゃ》の二人乗《ふたりの》りをやってはいけない。／騎腳踏車不要雙載。

○無断《むだん》で外出《がいしゅつ》をしてはならない。／不要擅自外出！

○芝居《しばい》に入《はい》ってはならない。／不要進入草坪！

2 「～なければいけない」、「～ねばいけない」、「～なければならない」、「～ねばならない」

～なければならない、～ねばならない兩者意義完全相同，都表示應該如何如何。相當於中文的必須。

○約束《やくそく》した以上《いじょう》時間通《じかんどお》り行《い》かなければならない。（○ねばならない）／既然約好了，就必須準時去。

○国民《こくみん》として誰《だれ》だって法律《ほうりつ》を守《まも》らなければならない。（○ねばならない）／身為一個國民，無論誰都應當遵守法律。

～なければいけない、～ねばいけない兩者意義相同，卻表示有必要這麼做，即做為一種勸告、命令，表示這樣才對。相當於中文的必須、最好。

○毎日会話《まいにちかいわ》の練習《れんしゅう》をしなければいけない。（○ねばいけない）／必須每天練習會話。

○毎日習《まいにちなら》った文章《ぶんしょう》をよく復習《ふくしゅう》しなければいけない。／必須每天複習學過的文章。

3「～てならない」、「～てたまらない」

兩者都接在表示感情、感覺的形容詞、形容動詞以及少部分動詞的連用形（有時要發生音便）下面，也接在希望助動詞たい的連用形下面，作為句子的述語來用。兩者意義、用法完全相同，都表示某種情感、感覺達到了最大的限度。相當於中文的…不得了。

○三十度《さんじゅうど》以上《いじょう》もあるから熱《あつ》くてならない。（○たまらない）／

有三十幾度熱得不得了。

○皆《みんな》の前《まえ》で歌《うた》を歌《うた》うのが嫌《いや》でならない。（○たまらない）／

在大家面前唱歌，讓我討厭得不得了。

○あんまり熱《あつ》いから、冷《つめ》たい水《みず》が飲《の》みたくてならない。（○たまらない）／

太熱了，所以想喝冷飲想得不得了。

值得注意的是：～てならない與～てはならない不同：～てはならない表示禁止命令。相當於中文的**不要…**、**不可…**。例如：

○やさしい問題《もんだい》だといって油断《ゆだん》してはならない。／

雖說是簡單的問題，但也不可疏忽大意。

4「～てやりきれない」、「～てかなわない」

兩者都接在表示感情、感覺的形容詞、形容動詞以及少部分動詞連用形（有時要發生音便）下面，作為句子的述語來用，兩者意義、用法相同，都表示不好的、難以忍受的感覺達到最大的限度，相當於中文的…得不得了、…難受得不得了。

○オーバーを着《き》ていなかったので寒《さむ》くてかなわなかった。（○やりきれなかった）／沒有穿大衣，冷得不得了。

○喉《のど》が乾《かわ》いてかなわなかった。（○やりきれなかった）／嗓子渴得難受。

○昨晩《さくばん》四《よ》時間《じかん》しか眠《ねむ》らなかったから今日《きょう》一日《いちにち》眠《ねむ》たくてかなわなかった。（○やりきれなかった）／昨晚只睡了四個小時，所以今天一直睏得不得了。

但它們不能用於表達正面的感情、感覺，因此下面的句子是不通的。

×僕《ぼく》は嬉《うれ》しくてかなわなかった。↓○僕《ぼく》は嬉《うれ》しくてたまらなかった。

我高興得不得了。

5「～にすぎない」

接在體言或用言、助動詞終止形下面，是表示斷定的一種說法，含有貶抑評價的語氣。相當於中文的不過…、只不過…。

○彼《かれ》らの提案《ていあん》に賛成《さんせい》するものはわずか五六人《ごろくにん》にすぎない。／贊成他們提案的只有五、六個人。

○今話《いまはな》したのはいくつかの根本的《こんぽんてき》な方向問題《ほうこうもんだい》にすぎません。／現在我講的不過是幾個根本的方向問題。

○彼《かれ》は日本歴史《にほんれきし》の知識《ちしき》を少《すこ》しもっているにすぎません。／他只不過多少有一點日本的歷史知識而已。

○私は当《あ》たり前《まえ》のことをしたにすぎません。／我只不過做了我應該做的事情。

6「～にほかならない」

接在體言或形式體言的、等下面，是表示斷定的一種說法，它含有不是別的，就是…的意思。相當於中文的不外乎…、肯定是…。例如：

○君《きみ》がこんな病気《びょうき》になったのは普段《ふだん》衛生《えいせい》に注意《ちゅうい》しないからにほかならない。／你得了這個病，不外乎是平時不注意衛生的緣故。

○彼《かれ》がオリンピック大会《たいかい》で優勝《ゆうしょう》を勝《か》ち取《と》ったのは全《まった》く長期間《ちょうきかん》の練習《れんしゅう》の結果《けっか》にほかならない。／他在奧林匹克運動會上獲得了冠軍，不外乎是他長時間練習的結果。

○マラソンは結局《けっきょく》のところ自分《じぶん》の意志《いし》との闘《たたか》いにほかならない。／馬拉松最後不過是自己和意志力的搏鬥。

○相手《あいて》に負《ま》けたのは全《まった》く実力《じつりょく》が劣《おと》っているほかならない。／輸給對方的原因，不外乎是自己的實力遜於對方。

7「～にはおよばない」

接在動詞終止形下面，構成述語的一部份，經常作為寒暄用語來用。表示**沒有必要如何如何**。相當於中文的不必…、用不著…。

○そんなに慌《あわ》てるにはおよびません。／不用那麼慌張！

○忙《いそが》しいならわざわざ来《く》るにはおよびません。／如果忙的話，就不用專程來了。
○口頭試問《こうとうしもん》といっても、びくびくするにはおよびません。／雖說是口試，也用不著害怕。
○自分《じぶん》の弟《おとうと》だから、わざわざ駅《えき》まで出迎《でむか》えに行《い》くにはおよびません。／因為是自己的弟弟，用不著特地到車站去接。

8「～かもしれない」

接在體言、形容動詞語幹下面，也接在用言、助動詞終止形下面，構成述語的一部份，與～だろう的意思相同，表示某種推量。相當於中文的也許…、或許…、說不定…。例如：

○明日《あした》は雨《あめ》かもしれません。／明天也許會下雨。
○もう寝《ね》てしまったかもしれません。／也許已經睡著了。
○君《きみ》の顔色《かおいろ》がよくないから、病気《びょうき》になったのかもしれません。／你的臉色不好，是不是生病了。
○あるいは来《こ》ないかもしれません。／也許不來了。
○試験問題《しけんもんだい》が少《すこ》し難《むずか》しいかもしれませんが…／考題可能有點難…。

5 否定助動詞ぬ（ず）（ざる）構成的慣用型

否定助動詞ぬ多用它的連用形ず構成一些慣用型，這些慣用型由於使用了連用形ず，因此多作連用修飾語來用。

1「～にかかわらず」

接在下列單詞下面：

①一般名詞②由意義相對立的兩字構成的名詞（如晴雨、晝夜、男女、老幼等）③～いかん④～**肯定か否定か**。表示**不論任何情況都**…，相當於中文的**不論**…、**不管**…等。

○天候《てんこう》にかかわらず、船《ふね》は時間通《じかんどお》りに出帆《しゅっぱん》する。／不論天氣如何，船按規定時間出海。

○晴雨《せいう》にかかわらずサッカーの試合《しあい》を行《おこな》います。／不論晴天雨天，都會進行足球比賽。

○男女《だんじょ》にかかわらず応募《おうぼ》が許《ゆる》されます。／不論男女都可以應徵。
○変化《へんか》の如何《いかん》にかかわらず、決行《けっこう》する。／不論如何變化都堅決實行。
○君《きみ》が出《で》るか出《で》ないかにかかわらず、僕《ぼく》は参加《さんか》します。／
不管你參不參加，我都會參加的。
○好《この》むと好《この》まざるにかかわらず試験《しけん》を受《う》けねばならない。／
不管願不願意，都要接受考試。

2「～にもかかわらず」

它與～にかかわらず不同，接在體言下面或用言、助動詞的終止形下面，構成逆接確定條件，連接前後兩項，表示儘管是前項這一情況，也出現了後項這樣出乎人們預料之外的結果。相當於中文的儘管…、還是…、雖然…可是。
○雨《あめ》にもかかわらず、多《おお》くの人々《ひとびと》が集《あつ》まった。／儘管是雨天，還是來了許多人。
○困難《こんなん》は山《やま》ほどあるにもかかわらず実《じつ》によく頑張《がんば》り、ついに当初《とうしょ》の目標《もくひょう》を達成《たっせい》した。／
儘管有許多困難，還是非常努力地完成了最初的目標。

○スタートが少《すこ》しばかり遅《おく》れたにもかかわらず、よく頑張《がんば》って真先《まっさき》にゴールにはいった。／

儘管起步時落後了一點，但還是卯足了勁，第一個跑向終點。

○彼《かれ》は日本《にほん》へ行《い》ったことがないにもかかわらず、日本《にほん》の事《こと》がよく知《し》っている。／

儘管他沒有去過日本，但對日本的事情卻相當了解。

○よく復習《ふくしゅう》しなかったにもかかわらず試験《しけん》の成績《せいせき》はそれほど悪《わる》くなっかた。／

儘管沒有仔細複習，但考試的成績還不差。

3「〜といわず、〜といわず」

分別接在同一種類意義相對的名詞（如男女、晝夜等）下面表示並列兩種事物。相當於中文的無論…、還是…、…或者…。

○その人《ひと》は男《おとこ》といわず、女《おんな》といわず、みな髪《かみ》を長《なが》く伸《の》ばしている。／

在那個地方，不論男人還是女人都留著長髮。

○昼《ひる》といわず夜《よる》といわず自動車《じどうしゃ》がひっきりなしに通《とお》っている。／

不論白天還是黑夜，汽車總是不停地跑。

○顔《かお》といわず、頭《あたま》といわず埃《ほこり》だらけになった。／不論臉還是頭都滿是灰塵。

○歩行者《ほこうしゃ》といわず、自動車《じどうしゃ》といわずみなきちんと交通規則《こうつうきそく》を守《まも》っている。／

不論行人還是汽車都遵守交通規則。

4「～を問《と》わず～」

接在一般名詞或由意義相對的兩字所構成的名詞下面，作連用修飾語來用，表示不把這一情況作為問題來看待，相當於中文的不問…都…、不論…都…。

○室内《しつない》のプールだから、季節《きせつ》を問《と》わず、水泳《すいえい》をすることができる。／

因為是室內游泳池，不論任何季節，都可以游泳。

○男女《だんじょ》を問《と》わず、英語《えいご》のできる人《ひと》なら、みな応募《おうぼ》できる。／

不論男女，會英語的都可以來應徵。

○東西《とうざい》を問《と》わず、日本商品《にほんしょうひん》の入《はい》っていない国《くに》はない。／

東方西方各國，沒有一個國家不進口日本商品的。

○戦前戦後《せんぜんせんご》を問《い》わず、日本《にほん》の大工場《だいこうじょう》はみな海外《かいがい》から燃料《ねんりょう》を買《か》い入《い》れなければならない。

／不論戰前還是戰後，日本的大工廠都必須從外國進口原料。

5「～をものともせず」

接在名詞下面，構成連用修飾語，表示不把…放在眼裡。相當於中文的不把…當回事、不顧…、不怕…。

○両《りょう》チーム（サッカー）は風雨《ふうう》をものともせず、試合《しあい》を続《つづ》けた。／

兩個（足球）球隊不顧風雨，繼續進行比賽。

○消防隊員《しょうぼうたいいん》は負傷《ふしょう》をものともせず消火《しょうか》をしつづけた。／

消防隊員不顧自己的傷勢，繼續滅火。

○戦士《せんし》たちは飛《と》んで来《く》る弾丸《だんがん》をものともせず、前進《ぜんしん》していった。／

戰士們冒著槍林彈雨往前邁進。

○彼《かれ》はいかなる困難《こんなん》をものともせずひたすら前《まえ》へ進《すす》んだ。／

他不怕任何困難，勇往直前。

6「～ざるを得《え》ない」

ざる是文語否定助動詞ず的連體形，因此構成的～ざるを得《え》ない也是文語的表現形式。接在動詞以及動詞型助動詞的未然形（其中サ行變格動詞用せざるを得《え》ない）下面，構成～ざるを得《え》ない與、～なければならない、～ねばならない的意思大致相同，表示**不得不…**。相當於中文的不得不…、不能不…、不得已…等。

○どうしても行《い》かざるを得《え》ない用事《ようじ》があって父《ちち》は出《で》かけた。／因為有非處理不可的要事，父親出門去了。

○彼《かれ》と意見《いけん》が対立《たいりつ》してしまったので、私《わたし》は彼《かれ》から離《はな》れざるを得《え》なくなった。／因為和他意見相左，我不得不離開他了。

○内野内閣《うちののないかく》はとうとう新《あたら》しい失業対策《しつぎょうたいさく》をとらざるを得《え》なかった。／內野內閣不得不採取新的挽救失業對策。

○その事件《じけん》があってから、さすが彼《かれ》も、蔵相《ぞうしょう》を辞職《じしょく》せざるを得《え》なくなった。／發生那件事件以後，即使優秀如他也不得不辭去財政部長一職。

6 否定助動詞ない、ぬ構成的慣用型

1 「～ないでいる」、「～ずにいる」

～ないで是否定助動詞ない的終止形後接で構成的；～ずに是否定助動詞ぬ的連用形，它們都接在動詞、動詞型助動詞的未然形下面，然後後接いる。ないで、ずに都是連用修飾語，修飾いる，いる是述語的主要動詞。兩者的意思相同，都表示現在處於某種否定的狀態，可譯作中文的沒有、一直沒有。

○私《わたし》は言《い》おうと思《おも》いながら、まだ言《い》わないでいる。（○言《い》わずにいる）／

我雖然想說，可是一直都沒有說。

○旅行《りょこう》へ行《い》くには行《い》くが、どの観光地《かんこうち》に行《い》くかまだ決《き》まらないでいる。（○ずにいる）／

會去旅行，但到哪一個旅遊景點還沒決定。

○行《い》くと約束《やくそく》しておいたが、色々《いろいろ》な仕事《しごと》に追《お》われてまだ行《い》かないでいる。（○ずにいる）／雖然約好要一起去，但忙於工作還一直沒成行。

○書《か》くことが多《おお》すぎて何《なに》から書《か》いていいか分《わ》からず、いまだに書《か》かないでいる。（○ずにいる）／要寫的事情太多不知道從何寫起，直到現在還一直沒有動筆。

2「～ないで（は）いられない」、「～ずに（は）いられない」

它和前面的ないでいる、ずにいる相同，ないで是否定助動詞ない終止形下面後接で構成的；而ずに則是否定助動詞ぬ的連用形；いられない是動詞いる的能動態的否定形式。而ないで、ずに作為連用修飾語修飾下面的句子述語いられない。兩者意思完全相同，都表示情不自禁地就……、禁不住……。例如：

○あまりおかしかったので、笑《わら》わないでは（○笑《わら》わずには）いられなかった。／因為過於可笑了，忍不住就笑了出來。

○彼《かれ》のけしからぬ話《はなし》を聞《き》いて私は腹《はら》を立《た》てないでは（○立《た》てずには）いられなかった。／聽了他講的那些鬼話，我忍不住火了起來。

○その話《はなし》を聞《き》くと、私《わたし》はぶっきらぼうに答《こた》えないでは（○答《こた》えずには）いられなかった。／聽了那句話，我很難好聲好氣地回答。

○その建物《たてもの》を見《み》て、古人《こじん》の偉大《いだい》さを感《かん》じないでは（○感《かん》ぜずには）いられなかった。／看到那個建築，不由得感到古人的偉大。

3 「～ないではおかない」、「～ずにはおかない」

ないで是否定助動詞ない終止形後接で構成的；ずに是否定助動詞ぬ的連用形，卻接在動詞的未然形下面，修飾下面的述語おかない。它們是書面語言，多用在文章裡、演講裡，表示**不…不罷休**，可譯作中文的**一定會**，**自然會…**等。

○その小説《しょうせつ》は読《よ》む人々《ひとびと》に深《ふか》い感銘《かんめい》を与《あた》えないでは（○ずには）おかなかった。／那本小說自然會帶給閱讀的人們深深的感動。

○いい映画《えいが》だから、多《おお》くの人々《ひとびと》に深《ふか》い興味《きょうみ》をわき起《お》こさないでは（○ずには）おかないだろう。／一部好電影，自然會引起人們的興趣。

○異常気候《いじょうきこう》は各国《かっこく》の農業《のぎょう》、経済《けいざい》、貿易《ぼうえき》などに影響《えいきょう》をもたらさずにはおかない。（○ないではおかない）／異常的氣候，一定會給各國的農業、經濟、貿易帶來影響。

○猛烈《もうれつ》な労働《ろうどう》と毒々《どくどく》しい埃《ほこり》はたちまち病気《びょうき》を引《ひ》き起《お》こさないでは（○ずには）おかない。／過份勞動和有毒的塵埃一定很快就會引發疾病。

有時也用～ないではおかれない（おけない）、～ずにはおかれない（おけない），語氣更強，表示不能不…。

○子供《こども》たちがこんなに見《み》たがっては見《み》せないでは（○ずには）おかれない。／孩子們那麼想看，就一定要讓他們看才對。

助動詞ない、ぬ慣用型另外還有一些，在此則不再一一舉例說明。

第七章　希望助動詞たい、たがる

希望助動詞有たい、たがる兩種形態不同的助動詞，都表示願望。

1 希望助動詞「たい」

1「たい」的接續關係及其意義

たい接在意志動詞中的自、他動詞的連用形下面，也接在助動詞れる、られる、せる、させる的連用形下面，構成表示願望的連語。相當於中文的想、要、希望等。例如：

読《よ》む→読《よ》みたい

見《み》る→見《み》たい

覚《おぼ》える→覚《おぼ》えたい

来《く》る→来《き》たい

参加《さんか》する→参加《さんか》したい

褒《ほめ》められる→褒《ほめ》められたい

行《い》かせる→行《い》かせたい

但它不能接在無意志動詞和可能助動詞的下面，因此下面的說法是不通的。

×分《わ》かる↓分《わ》かりたい

×見《み》える↓見《み》えたい

×泳《およ》げる↓泳《およ》げたい

分《わ》かる、見《み》える、泳《およ》げる都含有可能的含義，它們都是無意志動詞。

②「たい」的活用

たい和形容詞的活用相同，有未然形、連用形、終止形、連體形、假定形，但沒有命令形。

★終止形　用たい來結束句子，或後接し、と、が、けれども、から以及傳聞助動詞等。

○日本《にほん》の映画《えいが》が見《み》たい。／我想看日本電影。

○私《わたし》は日本《にほん》の歌《うた》が習《なら》いたいし、日本《にほん》の踊《おど》りも学《まな》びたい。／我既想學日本歌，也想學日本的舞蹈。

○日本《にほん》へ行《い》きたいけれども行《い》く機会《きかい》はない。／我想去日本，但還沒有機會去。

★未然形　用たろう後接う表示推量。但在實際使用上多用たいだろう代替たかろう。

○君《きみ》も日本《にほん》の映画《えいが》を見《み》たかろう。（○たいだろう）／你也想看日本的電影吧！

○彼《かれ》も日本《にほん》へ留学《りゅうがく》に行《い》きたかろう。（○たいだろう）／他也想去日本留學吧！

★連用形　用たく後接用言，如後接形容詞ない構成否定形式，或作連用修飾語來用。

○そんなつまらない映画《えいが》は見《み》たくない。／我不想看那麼無聊的電影。

○私《わたし》は日本《にほん》へ留学《りゅうがく》に行《い》きたくても行《い》かれなかった。／

我雖然想去日本留學，但沒有去成。

たく接ございます、存《ぞん》じます時要發生音便成為たう，讀做とう。例如：

○私《わたし》もその映画《えいが》が見《み》とうございます。／我也想看那部電影。

○私《わたし》も拝見《はいけん》いたしとう存《ぞん》じます。／我也想看一看。

★連體形　用たい，後接體言或在下面接ので、のに等。

○あなたが見《み》たい映画《えいが》はどんな映画《えいが》ですか。／你想看什麼電影呢？

○日本《にほん》へ行《い》きたいので、日本語《にほんご》を習《なら》い始《はじ》めた。／

因為我想去日本，因此開始學日語。

★假定形 用たけれ後接ば，構成たければ作順態假定條件來用。

○君《きみ》がその映画《えいが》を見《み》たければ、一緒《いっしょ》に見《み》に行《い》きましょう。／你要想看那部電影的話，我們一起去看吧！

○そんなに行《い》きたければ行《い》くがいい。／你那麼想去，就去好了！

③「たい」的用法

たい表示講話人的某種願望，它的使用會受人稱的限制。

1 主語是第一人稱的句子，述語可以用「たい」，也可以用由「たい」變化成「たくない」、「たかった」等各種表達方式，來表示講話人自身的希望。相當於中文的「我想…」等。

○日本《にほん》の映画《えいが》が見《み》たい。／我想看日本電影。

○今《いま》は忙《いそが》しい時《とき》だから、旅行《りょこう》に行《い》きたくない。／現在是很忙的時候，我不想去旅行。

○その本《ほん》はずっと前《まえ》から買《か》いたかった。／那本書我從很早就想買。

2　主語是第二人稱時，用「たい」、「たくない」只能用來詢問對方的意向。相當於中文的「你想…嗎？」

○君《きみ》も日本《にほん》の映画《えいが》が見《み》たいかね。／你也想看日本的電影嗎？

○君《きみ》も旅行《りょこう》に行《い》きたくないか。／你不想去旅行嗎？

也可以用たかろう（たいだろう）、たかった表示推量或過去的希望。

○君《きみ》は大学《だいがく》に入《はい》りたかろう。（○たいだろう）／你也想進大學吧！

○中学校《ちゅうがっこう》にいた時《とき》、君《きみ》はお医者《いしゃ》さんになりたかったですね。／國中的時候，你想當一個醫生吧。

3　講第三人稱的希望時，只能在句末用「～たかろう」、「たいようだ」等表示說話者對第三人稱希望的推量，也可以用「たかった」，表示第三人稱過去的希望。相當於中文的「他想…吧」、「他想…了」。

○彼《かれ》も日本《にほん》の映画《えいが》が見《み》たいのだろう。／他也想看日本的電影吧！
○李《り》さんもその本《ほん》を買《か》いたかろう。／李先生也想買那本書吧！
○一部《いちぶ》の学生《がくせい》は旅行《りょこう》に行《い》きたくないようだ。／一部分學生好像不想去旅行。
○中学校《ちゅうがっこう》にいた時《とき》、兄《あに》はスポーツマンになりたかったようだ。／國中的時候，哥哥好像想當個運動員的樣子。

第二、三人稱作主語時，也可以用～たいと思《おも》っている、～たいと言《い》っている。例如：

○彼《かれ》はお医者《いしゃ》さんになりたいと思《おも》っている。／他想當一個醫生。
○李君《りくん》は日本《にほん》の大学《だいがく》に入《はい》りたいと言《い》っている。／李同學說他想上日本的大學。
○君《きみ》も日本《にほん》へ旅行《りょこう》に行《い》きたいと思《おも》っているね。／你也想到日本旅行吧。

因此下面這樣以たい、たくない結束的句子，以第二人稱、第三人稱作主語是不對的。

×君《きみ》も酒《さけ》を飲《の》みたい。　×彼《かれ》は何《なに》もしたくない。

這樣的句子之所以不通，主要是因為具有這種希望、要求的當事者的君《きみ》、彼《かれ》，他們的想法，說話者是不得而知的，因此用たい或用たくない結尾是錯誤的。

但也有下面這種例外的情況：

①用在假定條件句子，第二、三人稱是條件句的小主語時，也可以用「たい」、「たくない」表示假定的變化形，用來表示假定。

○（君《きみ》が）読《よ》みたければ、その本《ほん》を貸《か》してあげますよ。／

你想看的話，我可以把那本書借給你。

○（君《きみ》が）引《ひ》き受《う》けたくなければ断《ことわ》ってもかまいません。／

你不願意接受的話，也可以拒絕。

○彼《かれ》が行《い》きたくなければ行《い》かなくてもいい。／他不想去的話，不去也可以。

但用在確定條件句時，條件句用～たい時，仍多是第一人稱作條件句的主語。例如：

○テレビが見《み》たいから急《いそ》いで帰《かえ》って来《き》た。／（我）想看電視，所以急急忙忙趕回來了。

不過同是表示確定的條件句，整個句子是表示推量的句子時，第二、三人稱作條件句的主語時，它的述語也可以用たい。

○彼《かれ》は僕《ぼく》に会《あ》いたくないから、来《こ》なかったのだろう。／

他不願意見到我，所以才沒來的吧！

上述句子之所以能用会《あ》いたくない，主要是由於整個句子是推量語氣。

②「たい」作連體修飾語用時，第二、三人稱有時可以做「たい」的小主語來用。這時可以認為是「～したいと思《おも》っている」的簡化說法。例如：

○（あなたが）見《み》たい所《ところ》があったら、いつでもご案内《あんない》いたします。／你如果有想看的地方，我隨時都可以為你介紹。

○読《よ》みたい本《ほん》はいつでも自由《じゆう》に持《も》って行《い》ってお読《よ》みください。／你想看的書，隨時都可以拿去看！

上述句子都含有假定的意思，因此可以用見《み》たいところ、読《よ》みたい本《ほん》。／

4 ～を～たい、～が～たい

たい所接的動詞是自動詞時，這時除了在動詞下面接たい外，沒有任何變化，這樣就構成希望句。例如：

○私《わたし》は働《はたら》く。↓私《わたし》は働《はたら》きたい。／我想工作。

○私《わたし》は行《い》く。↓私《わたし》は行《い》きたい。／我想去。

たい所接的動詞是他動詞時，除了在動詞下面接たい外，它的受詞助詞を往往要換用が，並且多用が。例如：

○水《みず》を飲《の》みたい。↓○水《みず》が飲《の》みたい。／我想喝水。

○日本《にほん》の映画《えいが》を見《み》たい。↓○日本《にほん》の映画《えいが》が見《み》たい。／我想看日本電影。

○少《すこ》しお金《かね》を借《か》りたい。↓少《すこ》しお金《かね》が借《か》りたい／我想借點錢。

像上面這些句子，用が還是用を兩者都通，但是多用が。

但也有下面這樣習慣上用を而不用が的情況：

1「たい」所接的動詞是多音節的動詞時，如「片付《かたづ》ける」（收拾）、「取《と》り止《や》める」（停止）、「取《と》り付《つ》ける」（安裝）、「取《と》り寄《よ》せる」（拿來）等，這些動詞前面的助詞仍然用「を」，而不用「が」。例如：

○玄関《げんかん》にベルを(×が)取《と》り付《つ》けたい。／我想在大門上安裝個電鈴。

○出《で》かける前《まえ》に、この部屋《へや》を（×が）片付《かたづ》けたい。／我想在出發以前，把房間收拾收拾。

2 「たい」下面接有「～と思《おも》う」、「～という」，即「たい」成為「思《おも》う」、「いう」的內容，以「たいと思《おも》う」、「たいという」來結束時，一般仍用「を」，而不用「が」。

○一日《いちにち》も早《はや》くこの本《ほん》を（×が）出《だ》したいと思《おも》っている。／我想早一天出這本書。

○彼《かれ》も日本語《にほんご》を（×が）習《なら》いたいと言《い》っている。／他說他也想學日本語。

3 「～たい」所接的動詞是移動動詞時，表示這一移動動詞的移動場所、離開地點等時用的「を」，而不用「が」。例如：

○空《そら》を飛《と》ぶ。→空《そら》を（×が）飛《と》びたい。／我想在天空飛。

○富士山《ふじさん》を登《のぼ》る。→富士山《ふじさん》を(×が)登《のぼ》りたい。／我想登上富士山。

○公園《こうえん》の中《なか》を散歩《さんぽ》する。→公園《こうえん》の中《なか》を（×が）散歩《さんぽ》したい。／我想在公園散步。

○田舎《いなか》を出《で》る→田舎《いなか》を(×が)出《で》たい。／我想離開鄉下。

○その川《かわ》を(×が)泳《およ》いで渡《わた》りたい。／我想游過那條河。

○あしたの晩《ばん》に、台北《たいぺい》を(×が)たちたいと思《おも》っている。／我想明晚離開台北。

4「たい」所接的動詞與它的受詞之間有其他的單詞，一般仍用「を」，而不用「が」。例如：

○それを（×が）君《きみ》の口《くち》から聞《き》きたかった。／我想聽你親口說。

○このお金《かね》を（×が）全部《ぜんぶ》差《さ》し上《あ》げたいと思《おも》う。／我想把這些錢全部送給你。

以上是用を而不用が的主要情況，另外可能還有一些用を的情況，就不再舉例說明。

2 希望助動詞「たがる」

它是用在口語裡的文語表現。

1「～たがる」的接續關係及其意義

～たがる是在希望助動詞たい語幹た下面後接接尾語～がる構成的。也接在意志動詞中的自、他動詞、受身助動詞、使役助動詞等連用形下面，構成表示希望的連語，表示其他人顯露在外的願望，相當於中文的**想**、**要**、**希望**等。例如：

読《よ》む→読《よ》みたい→読《よ》みたがる

見《み》る→見《み》たい→見《み》たがる

覚《おぼ》える→覚《おぼ》えたい→覚《おぼ》えたがる

来《く》る↓来《き》たい↓来《き》たがる

参加《さんか》する↓参加《さんか》したい↓参加《さんか》したがる

褒《ほ》められる↓褒《ほ》められたい↓褒《ほ》められたがる

行《い》かせる↓行《い》かせたい↓行《い》かせたがる

它同樣不能接在無意志動詞下面。

②「～たがる」的活用

～たがる的活用與たい不同，它接在五段活用動詞的活用來變化，但它只有未然形、連用形、終止形、連體形、假定形，而沒有命令形。

★**終止形**　用～たがる來結句或後接し、と、が、けれども、から及傳聞助動詞そうだ等。

○みんなは日本《にほん》の映画《えいが》を見《み》たがる。／大家都想看日本的電影。

○彼《かれ》が行《い》きたがるから、行《い》かせた。／他想去所以讓他去了。

★**未然形**　用～たがる，後接ない、ぬ，表示否定。

○あんなつまらない映画《えいが》はみんな見《み》たがらない。／那種無聊的電影，大家都不想看。

但它沒有表示推量的～たがろ（う），表示推量一般用たかろう。例如：

○みんな日本《にほん》の映画《えいが》を見《み》たかろう。（×見《み》たがろう）／大家都想看日本電影吧！

★**連用形** ①用たがり，後接用言。例如：

○みんな日本《にほん》の映画《えいが》を見《み》たがります。／大家都想看日本的電影。

②用たがって後接て、た等。

○彼《かれ》は映画《えいが》ばかり見《み》たがって勉強《べんきょう》の方《ほう》はお留守《るす》なんですよ。／他只想看電影，荒廢了學業。

★**連體形** 用たがる，後接體言或ので、のに。

○若《わか》い者《もの》は外国《がいこく》の映画《えいが》を見《み》たがるものだ。／年輕人就是愛看外國電影。

○あまり行《い》きたがるものだから、ついに連《つ》れて行《い》った。／他很想去，所以就帶他去了。

★**假定形** 用たがれ後接ば，構成～たがれば，但這種用法使用時機較少，一般都用たい的假定形たけれ（ば）來代替。例如：

○行《い》きたければ（○行《い》きたがれば）いつでも行《い》っていいんです。／

如果想去的話，隨時都可以去。

③「～たがる」的用法

1「～たがる」的詞性，由原來所接的動詞詞性決定。原來是自動詞則是自動詞，原來是他動詞，接「～たがる」後依然是他動詞，這時受詞下面的助詞仍用「を」。例如：

○王《おう》さんも日本《にほん》へ行《い》きたがっている。／王先生也想去日本。

○彼《かれ》も選手《せんしゅ》として運動会《うんどうかい》に出《で》たがっている。／他也想以選手身份參加運動會。

○みんなも日本《にほん》の映画《えいが》を見《み》たがっているんですね。／大家都想看日本電影吧！

○李《り》さんも日本《にほん》の小説《しょうせつ》を読《よ》みたがっている。／李先生也想看日本小說。

2「～たがる」多用來講第三人稱，有時也用來講第二人稱顯露在外的願望。即說話者所看到的第二人稱或第三人稱所表現出來的願望。因此多用來敘述第二、三人稱所懷有的、持續著的希望心情。例如：

○彼《かれ》は何《なに》も食《た》べたがらない。／他什麼也不想吃。

○彼《かれ》はしきりに彼女《かのじょ》の事《こと》を知《し》りたがった。／他多次想要知道她的情況。

○君《きみ》も日本《にほん》の映画《えいが》を見《み》たがるんですね。／你也想看日本電影吧！

○子供《こども》はすぐ大人《おとな》の真似《まね》をしたがるものだ。／孩子會馬上想跟著模仿大人。

○そんなに行《い》きたがるなら、行《い》かせてやれ。／他那麼想去的話，就讓他去吧！

3 在講自己過去的願望，或敘述其他人講到自己過去某一時期的願望時，也可以用「～たがる」。例如：

○あのころは私《わたし》は休《やす》みになれば、山登《やまのぼ》りをしたがったものだ。／

那時候我一到假日，就想去爬山。

○私《わたし》は子供《こども》のごろ、よく動物園《どうぶつえん》へ行《い》きたがったようだ。／

我小時候，常喜歡到動物園去。

○李《り》さんは僕《ぼく》が酒《さけ》を飲《の》みたがっていると思《おも》っている。／李先生那時以為我喜歡喝酒。

用在條件句裡，有時也可以用第一人稱作主語。例如：

○私《わたし》がハイキングに行《い》きたがっても、父《ちち》は許《ゆる》してくれません。／

我想去郊遊，但父親不准我去。

第八章　指定助動詞だ、です

指定助動詞也稱作**斷定助動詞**，有だ、です兩種。だ用在常體的句子裡，屬於形容動詞型活用的助動詞；而です是敬體，用在敬體的句子裡，屬於特殊型活用的助動詞。這樣兩者雖然意義相同，但構成的句子語氣不同：だ構成的句子是普通的說法，比較隨性；而です構成的句子是鄭重而規矩的說法。

1 指定助動詞「だ」

1 指定助動詞「だ」的接續關係

だ接在體言（名詞、代名詞、數詞）下面，或具有體言資格的其他單詞（如某些助詞）下面。例如：

○京都《きょうと》は日本《にほん》の古《ふる》い都《みやこ》だ。／京都是日本的古都。

○悪《わる》いのは僕《ぼく》だ。／是我不好。

○五《ご》に五《ご》をかけると二十五《にじゅうご》だ。／五乘五是二十五。

○来《こ》ないのは王《おう》さんだけだ。／沒來的只有王先生。

○頭《あたま》が痛《いた》いのは風邪《かぜ》を引《ひ》いたからだ。／頭痛是因為感冒了。

用在疑問句裡，終助詞か、かしら不能接在助動詞だ下面，而要直接接在體言（名詞、代名詞、數詞）下面來用。例如：

○奈良《なら》は日本《にほん》の古《ふる》い都《みやこ》か。／奈良是日本的古都嗎？

○悪《わる》いのは僕《ぼく》か。／是我不好嗎？

○あの方《かた》はあなたの弟《おとうと》さんかしら。／他是你的弟弟嗎？

它一般不能直接接在用言、助動詞下面，因此下面的說法是不通的。

×日本《にほん》は物価《ぶっか》が高《たか》いだ。

×雨《あめ》が降《ふ》っているだ。

這時一般不用だ來講。即：

○日本《にほん》は物価《ぶっか》が高《たか》い。／日本物價高。

○雨《あめ》が降《ふ》っている。／在下雨。

但用だろう表示推量時，可接在用言下面。

○日本《にほん》は物価《ぶっか》が高《たか》いだろう。／日本的物價很高吧！

○雨《あめ》が降《ふ》っているだろう。／外面在下雨吧！

②指定助動詞「だ」的活用

它按形容動詞だ活用來變化。

★終止形　用だ，除了用來結束句子外，也可以在下面接助詞と、し、が、けれども、から以及傳聞助動詞そうだ。但不能在下面接終助詞か、かしら等。

○湯川秀樹《ゆかわひでき》は日本《にほん》の有名《ゆうめい》な物理学者《ぶつりがくしゃ》だ。／湯川秀樹是日本著名的物理學家。

○あそこは静《しず》かな所《ところ》だそうだ。／聽說那是一個安靜的地方。

○静《しず》かな所《ところ》だけれども交通《こうつう》は不便《ふべん》だ。／那雖然是個安靜的地方，但交通不方便。

作為女性用語體言作述語時，常將一些終助詞よ、ね直接接在體言下面，而省略使用だ。

而男性用語則仍將だ保留再加上終助詞使用。

○これは李《り》さんの眼鏡《めがね》よ(○だよ)／這是李老師的眼鏡！

○なかなかにぎやかな所《ところ》ね(○だね)／真是個熱鬧的地方啊！

★未然形　用だろ後接う構成だろう，表示對事物的**推量**。

○あれは富士山《ふじさん》だろう。／那是富士山吧！

○大《おお》きな都会《とかい》だから、人口《じんこう》が多《おお》いだろう。／因為是個大城市，所以人口很多吧！

★連用形　比較複雜。

①用だっ後接た，表示過去或完了；後接たり，表示並列。

○京都《きょうと》は明治維新前《めいじいしんまえ》の都《みたこ》だった。／京都是明治維新前的國都。

○会場《かいじょう》は公会堂《こうかいどう》だったり、学校《がっこう》の講堂《こうどう》だったりして決《き》まっていません。／會場可能會在公會堂，或是學校禮堂，還沒有確定。

②用で表示中止；或在下面接ない構成～で（は）ない表示否定。

○父《ちち》は学校《がっこう》の先生《せんせい》で、母《はは》は医者《いしゃ》だ。／父親是學校的老師，母親是醫生。

○これは日本製《にほんせい》ではない。／這不是日本製的。

★連體形　用な，但一般很少在下面接體言，只能後接ので、のに構成確定條件。

○休日《きゅうじつ》なので人出《ひとで》が多《おお》い。／因為是假日，街上人很多。

○もうすぐ時間《じかん》なのに、彼《かれ》はまだで出《て》て来《こ》ない。／時間快到了，可是他還沒有來。

★假定形　用なら，多單獨使用，也可以在下面接ば，表示下面幾種含義：

①構成順接假定條件，相當於中文的假若是…、如果是…。

○旅行《りょこう》に行《い》くなら一緒《いっしょ》に行《い》きましょう。／你要去旅行的話，就一起去吧！

○やれるなら、やってごらんなさい。／你如果能做，就試看看！

②表示提示條件，這時一般用在句首，表示提示某一問題，含有關於…的意思。相當於中文的…啊、…嘛等。

○時間《じかん》なら心配《しんぱい》はありません。／時間的話，不需要擔心！

○王《おう》さんなら、そんなことを言《い》うはずはありません。／王先生他啊！是不會那麼說的。

2 指定助動詞「です」

如前所述，它與だ的意思相同，用在敬體的句子裡，語氣鄭重規矩。

1「です」的接續關係

1 接在體言（名詞、代名詞、數詞）下面，表示「斷定」，相當於中文的「是」。

○東京《とうきょう》タワーは東京《とうきょう》で一番《いちばん》高《たか》い建物《たてもの》です。／東京塔是東京第一高的建築物。

○百点《ひゃくてん》をとったのは李《り》さんと孫《そん》さんです。／得了一百分的是李同學和孫同學。

2 構成疑問句時，終助詞「か」、「かしら」可以接在「です」下面，構成

「ですか」、「ですかしら」。

○悪《わる》いのは私《わたし》ですか。／是我不好嗎？

○あの方《かた》はあなたの弟《おとうと》さんかしら。／那位是你的弟弟嗎？

它同樣不能直接接在動詞、部分助動詞下面，但可以用形容詞です，不過這時的です可以認為是です型形容詞的語尾，而不是指定助動詞。

○日本《にほん》は物価《ぶっか》が高《たか》いです。／日本物價高。

有時接在動詞＋の的下面，構成動詞のです來用，表示原因或情況。（詳見下一節）

○外《そと》で音《おと》がします。雨《あめ》が降《ふ》っているのです。／外面有聲音，是（因為）在下雨。

○僕《ぼく》はどうしても今日《きょう》帰《かえ》るのです。／我今天無論如何都要回去。

②「です」的活用

它既和形容詞、形容動詞的變化不同，也和動詞的變化不同，是一種特殊的活用型。

★**終止型**　用です。

○銀座《ぎんざ》は東京《とうきょう》で一番《いちばん》にぎやかな所《ところ》です。／銀座是東京最繁華的地方。

○明日《あした》は日曜日《にちようび》ですけれども、うちの店《みせ》は休《やす》みません。／明天雖然是星期天，但本店不休息。

但它和だ不同的是：女性也常用ですよ、ですね，同時也可以用よ、ね。例如：

○これは周先生《しゅうせんせい》の辞書《じしょ》よ（○ですよ）／這是周老師的字典！

○于《う》さんは面白《おもしろ》い人《ひと》ね。（○ですね）／于先生是個很有意思的人！

另外沒有~ですそうです的用法，而要用~だそうです。

○新宿《しんじゅく》もにぎやかな所《ところ》だそうです。（×ですそうです）／聽說新宿也是熱鬧的地方。

★未然形　用でしょ後接う構成でしょう，表示推量。例如：

○新宿《しんじゅく》もにぎやかな所《ところ》でしょう。／新宿也是個熱鬧的地方吧！

★連用形　比較複雜：

①用「でし」後接「た」表示過去或完了。

○その会社《かいしゃ》は前《まえ》は小《ちい》さな商店《しょうてん》でした。／那家公司以前是個小商店。

有時也用でして來結束句子，與でした的意思相同。這麼用時語氣鄭重和緩。多在互相寒暄時用。

○お具合《ぐあい》が悪《わる》そうで、ちっとも存《ぞん》じませんでして。／你身體不太好的樣子，我完全不知道。

○おじいさんはさんざん苦労《くろう》をした人《ひと》でした。／爺爺是個吃過許多苦的人。

②用「で」表示中止，或後接「ある」構成「である」，表示「是」；後接「ない」構成「で（は）ない」，表示否定，中文意思是「不是」。例如：

○姉《あね》は音楽家《おんがくか》で、妹《いもうと》は舞踏家《ぶとうか》です。／姊姊是個音樂家，妹妹是個舞蹈家。

○彼《かれ》は松本清張《まつもとせいちょう》ほど有名《ゆうめい》な作家《さっか》ではない。／他不是像松本清張那麼有名的作家。

★連體形　也用です，後接ので、のに，但用時較少，這時多用たので、たのに來代替ので、ですのに。

★假定型　沒有。需要時用だ的假定形なら來代替。

★命令型　沒有，一般用同義的である的命令形であれ來替代。

○立派《りっぱ》な学生《がくせい》であれ。／你要成為一個好學生！

3 だ與のだ、です與のです

です、のです與だ、のだ相同，為了說明方便起見，在這裡只就だ與のだ做些說明。

1「だ」一般用「～は～だ」句式

①做為述語的一部分來用，表示對事物的斷定，這是它的基本用法。相當於中文的「是」。

○鯨《くじら》は哺《ほ》乳動物《にゅうどうぶつ》だ。／鯨魚是哺乳動物。

○あの人《ひと》は欠点《けってん》の少《すく》ない人《ひと》だ。／他是一個缺點很少的人。

②表示強烈的感情。中文也譯作「是」，有時譯不出。

○あっ、素晴《すば》らしい虹《にじ》だ。／啊！美麗的彩虹啊！

○地震《じしん》だ。早《はや》く外《そと》へ出《で》ろ。／地震啦！快出去吧！

2「〜のだ」

接在體言十な下面，或接在動詞助動詞的連體形下面。表示下面幾種意思：

①表示出現某種情況的原因，因此它含有「因為」的意思。有時譯不出。

○この辺《へん》は昔海《むかしうみ》だったのだ。したがって、今《いま》でも貝《かい》の化石《かせき》が多《おお》く発見《はっけん》されている。／這一帶從前是海，因此經常發現許多貝殼的化石。

○電車《でんしゃ》の事故《じこ》があったん（の）です。それで遅刻《ちこく》してしまいました。／因為電車出了事故，因此才遲到了。

上述兩個句子都在後頭説明出現某種情況，而在前一項用のだ説明出現這一情況的原因。

②用來説明出現的情況。

○大学在学中《だいがくざいがくちゅう》に父親《ちちおや》が死《し》んだ。そのために彼《かれ》は大学《だいがく》を中退《ちゅうたい》しなければならなくなったのだ。／在上大學的時候父親死了，因此他不得不休學。

○台風《たいふう》が近付《ちかづ》いているから、天気《てんき》がぐずついているのです。／颱風靠近，所以天氣悶熱得很。

以上兩個句子的のだ、のです都是用來說明出現的情況。

以上のだ（のです）的主要用法，除此之外のだ（のです）還有下面的用法：

③表示簡單的命令，這時很少用のです。

○お前《まえ》はもう帰《かえ》るのだ。／你該回去了！

○これからよく復習《ふくしゅう》するのだ。／今後要好好複習啊！

④表示自己的決心，這時也很少用「のです」。

○僕《ぼく》はどうしても今日《きょう》行《い》くのだ。／我今天無論如何都要去。

○必《かなら》ず日本語《にほんご》を身《み》につけるのだ。／一定要學會日語。

⑤加強語氣

○今《いま》となってどうする事《こと》も出来《でき》ないのだ。／事到如今也沒有辦法了。

以上是のだ的主要用法。

4 ～だろう與のだろう、でしょう與のでしょう

～だろう與～のだろう和～でしょう與～のでしょう意思相同，為了說明方便，在這裡只就～だろう與～のだろう加以說明。

1「～だろう」

表示對周圍事物情況進行的推斷，這種推斷既可以是有充分根據的，也可以是由主觀的認知所作出的推斷，相當於中文的…吧。

○今晩《こんばん》は雨《あめ》が降《ふ》るだろう。／今晚會下雨吧！

○今頃《いまごろ》は山《やま》は紅葉《もみじ》が綺麗《きれい》だろう。／現在山上的紅葉很美麗吧！

○母《はは》は生《い》きていたら、さぞ喜《よろこ》んでくれただろう。／

母親要是還活著的話，一定會很高興吧！

有時也可以在下面接～と思《おも》う、～と思《おも》った、～と考《かんが》える、～と考《かんが》えた來表示自己的推斷。

○その事《こと》は田中《たなか》さんに聞《き》けば教《おし》えてくれるだろうと思《おも》う。／那件事問問田中先生，他會告訴你的。

○これから物価《ぶっか》がだんだん上《あ》がるだろうと私《わたし》は考《かんが》える。／我認為今後的物價將逐漸上漲。

○その時《とき》私《わたし》にはその問題《もんだい》が出来《でき》ないだろうと思《おも》った。／當時的我不認為自己可以解決這個問題。

如果表示第二、三人稱的推斷，現在的推斷要用～だろうと思《おも》っている、～だろうと考《かんが》えている，過去的推斷則要用～だろうと思《おも》っていた、～だろうと考《かんが》えていた。

○彼《かれ》は二三日《にさんにち》のうちに退院《たいいん》できるだろうと思《おも》っている。／他認為兩三天內就能出院。

○内山《うちやま》はとても相手《あいて》に勝《か》てないであろうと人々《ひとびと》は考《かんが》えていた。けれども負《ま》けたのは内山《うちやま》ではなく相手《あいて》であった。／

人們都認為內山是敵不過對方的，但輸家卻不是內山。

②「～のだろう」

接在名詞＋な或用言助動詞連體形下面。

1 表示以出現的情況為基礎，推斷出現這些情況的原因。在口頭語言中多用「～んだろう」、「～んでしょう」，書面語言則多用「～のであろう」，意思相同。可譯作「因為…」、「也許是因為…」，有時不譯出。

○休日《きゅうじつ》でもあるのだろう。どこでも人出《ひとで》一杯《いっぱい》です。／也許是因為假日，每個地方都好多人。

○父《ちち》は今《いま》いないが、どこかに出《で》かけたのだろう。／父親現在不在，也許是外出了。

○皆《みな》嬉《うれ》しそうな顔《かお》で帰《かえ》って来《き》たから、きっと試合《しあい》には勝《か》ったのだろう。／大家興高采烈地回來了，一定是贏了比賽。

○明《あ》かりが消《き》えているから、もう寝《ね》てしまったのだろう。／

已經熄燈了，所以大概是睡了吧！

上述句子都是後面用了~のだろう來說明前面句子的原因。

2 用來說明出現情況

在中文裡有時譯作**的吧**，有時不譯出。

○雨《あめ》が降《ふ》っていたから、彼《かれ》は行《い》かなっかたのだろう。／

因為下著雨，所以他才沒有去的吧！

○来《き》たくないと言《い》っていたから、彼《かれ》は来《こ》ないのだろう。／

他說不想來所以不會來的吧！

上述兩個句子都是用來說明情況的，即由於前項的原因，才出現後項的結果、情況。

但也有下面這種說明情況的句子，在句子裡沒有出現前半句的原因，這時表示根據自己的常識或自己的經驗才這麼講的。

○デパートなら売《う》っているのだろう。／百貨公司會賣的吧！

○一週間《いっしゅうかん》もすれば治《なお》るのでしょう。／一個星期就會好的吧！

這兩句是根據自己的經驗或了解，而做出的判斷。

5 だ、です的特殊用法及其慣用型

以上是だ、です的基本用法，但有些問題，僅依靠上述的說明，還是不易理解的，還需要進一步說明。

① 「～は～だ」構成的慣用型

1 「果物《くだもの》はみかんだ」

這個句子直譯則是**水果是蜜柑**，這麼講句子是不通的，但究竟是什麼意思呢？在日語裡名詞Aは名詞Bだ、名詞Bは名詞Aだ，這時一般是A＝B，即A和B是同一種事物。無論は還是だ這兩個句子都相當於中文的**是**。這是學習中常見的用法。例如：

○東京《とうきょう》**は**日本《にほん》の首都《しゅと》**だ**。／東京是日本的首都。

○日本《にほん》の首都《しゅと》は東京《とうきょう》だ。／日本的首都是東京。

但是有時候A並不等於B，這時就讓人難以理解，但實際使用時是有這種情況的。如Bは Aだ的句型即A包括了B，A是所謂的大範圍名詞，B是小範圍名詞時，也就是B是A中的一種，而A含蓋了B，這時用BはAだ句子是通的。相當於中文的**是**。例如：

○みかんは果物《くだもの》だ。／蜜柑是水果。

○うなぎは魚《さかな》だ。／鰻魚是魚。

○高倉健《たかくらけん》は男《おとこ》の俳優《はいゆう》だ。／高倉健是男明星。

但用AはBだ時，意思則完全不同了，如果譯作**是**時，句子是不通的。這時的は雖也表示提示講話的主題，但它與なら相同；而A形式上雖是主語，但實際上是提示語，至於述語裡的だ，雖也是指定助動詞，但它代替了某一個用言（動詞、形容詞等）或某一個文節，這樣可以有幾種解釋：

○果物《くだもの》はみかんだ。

○①=果物《くだもの》はみかんが一番《いちばん》いいのだ。／水果中就屬蜜柑最好。

○②=果物《くだもの》はみかんが好《す》きだ。／水果的話我喜歡吃蜜柑。

○③＝果物《くだもの》はみかんを買《か》うのだ。／要買水果的話就要買蜜柑。

○男《おとこ》の俳優《はいゆう》は高倉健《たかくらけん》だ。

○①＝男《おとこ》の俳優《はいゆう》は高倉健《たかくらけん》が一番《いちばん》いいのだ。／男明星之中高倉健最好。

○②＝男《おとこ》の俳優《はいゆう》は高倉健《たかくらけん》が代表《だいひょう》だ。／男明星的話，高倉健就是代表。

遇到這種情況，則要根據講話當時的情境來加以理解，再比如像下面這樣的句子。

○肉《にく》は牛肉《ぎゅうにく》が好《す》きだが、魚《さかな》はうなぎだ。／肉類喜歡吃牛肉，魚則喜歡吃鰻魚。

○女《おんな》の俳優《はいゆう》は山口百恵《やまぐちももえ》が一番《いちばん》いいが、男《おとこ》の俳優《はいゆう》は高倉健《たかくらけん》だ。／女演員山口百恵最好，男演員的話，高倉健最好。

2 「僕《ぼく》は鰻《うなぎ》だ」

一般用AはBだ、BはAだ時，A、B是同一類東西，如果A是人則B也是人，A是事物則B也是事物。但僕《ぼく》は鰻《うなぎ》だ這種情況則不同了，A是某一個人，而B是一種魚類，將它直譯成中文則是**我是鰻魚**，這樣是不通的。那麼代名詞Aは名詞Xだ這一句式究竟是什麼意思呢？日本語言學家奧津敬一郎教授最初以僕《ぼく》は鰻《うなぎ》だ這一句型來說明這一用法。據奧津教授解釋，

Xだ中的だ代替某些用言（動詞、形容詞等），因此它可以表示多種意義，這要根據講話當時的情況來加以理解或翻譯。奥津教授是這樣解釋的。

○僕《ぼく》は鰻《うなぎ》だ。

○①＝僕《ぼく》は鰻《うなぎ》を食《た》べるのだ。／我要吃鰻魚。

○②＝僕《ぼく》は鰻《うなぎ》が好《す》きだ。／我喜歡鰻魚。

○③＝僕《ぼく》は鰻《うなぎ》を買《か》うのだ。／我買鰻魚。

○④＝僕《ぼく》は鰻《うなぎ》を釣《つ》るのだ。／我釣鰻魚。

○僕《ぼく》は神田《かんだ》だ。

○①＝僕《ぼく》は神田《かんだ》の生《う》まれだ。／我出生在神田。

○②＝僕《ぼく》は神田《かんだ》から来《き》たのだ。／我是從神田來的。

○③＝僕《ぼく》は神田《かんだ》へ行《い》くのだ。／我是去神田。

○僕《ぼく》はこれからだ。

○①＝僕《ぼく》はこれから仕事《しごと》を始《はじ》めるのだ。／我現在開始工作。

○②＝僕《ぼく》はこれから休《やす》むのだ。／我現在開始休息。

○③＝僕《ぼく》はこれから行《い》くのだ。／我現在去。

因此用AはXだ時可以認為是某種句子的省略說法，究竟是什麼意思，要根據講話當時的情況，前後句子的關係來理解。

3　「人間《にんげん》は人間《にんげん》だ」

將它譯成中文則是**人是人**，這樣譯出來誰都會感到奇怪的。但在實際語言生活中是這麼講的。

①用「AはAだが～」

這時前後兩個A都表示具體的東西、具體的人、具體的地方等，用接續助詞が，連接前後兩項，在後項講出說話者的看法。相當於中文的A雖然是A，但…、A固然是A，但…。例如：

○人間《にんげん》は人間《にんげん》だが、怠《なま》ける人間《にんげん》だ。／雖然是個人，但是個懶人。

○田舎《いなか》は田舎《いなか》だが、生活《せいかつ》は都会《とかい》とはあまり変《か》わらない。／雖然是鄉下，但生活和城市裡沒什麼差別。

②用「AはAだから～」

這時前面的A仍然表示具體的事物、具體的場所，而後項的A則表示抽象的事物等，即具有A這一特點、性質的事物、人、場所等。相當於中文的「A畢竟是A，但…」，「A到底是A，但…」。

○人間《にんげん》は人間《にんげん》だから、始終《しじゅう》寝《ね》てばかりいては暮《く》らせない。／

人畢竟是人，不能一天到晚睡覺過生活的。

○老人《ろうじん》は老人《ろうじん》だから、とてもそんなに遠《とお》くまでは歩《ある》いて行《い》けない。／

老年人畢竟是老年人，是走不了那麼遠的。

③用「AはAで～」

這裡的で是指定助動詞的中止形，AはAで～則表示A畢竟是A，有A的特點，所以才如何。相當於中文的**A到底是A…、A畢竟是A…**或根據前後關係適當地譯成中文。

○子供《こども》は子供《こども》で毎日遊《まいにちあそ》んでばかりいる。／孩子到底是孩子，整天都在玩。

○あなたがそういうけれども、彼《かれ》は彼《かれ》で別《べつ》の考《かんが》えもあろうから聞《き》いてみた方《ほう》がいい。／

你雖然那麼說，但他畢竟是他，他也許有他的想法，還是問一問他好了。

②「なら」構成的慣用型

なら是だ的假定形，主要用來表示順態假定條件，相當於中文的假如…。它構成的慣用型也含有假定的意思。

1「～ぐらいなら～方《ほう》がいい」

構成Aぐらいなら B の方《ほう》がいい句式，以蔑視的語氣舉出某一事例A，認為A這一事例並不可取，而應該選擇述語中所講的事例、活動B等，因此述語多用～方《ほう》がいい、～方《ほう》がましだ等。相當於中文的與其…不如…等。例如：

○こんなに人《ひと》に面倒《めんどう》をかけるぐらいなら、入院《にゅういん》した方《ほう》がいい。／與其這樣麻煩人，不如去住院還比較好。

○途中《とちゅう》でやめるぐらいならやらない方《ほう》がましだ。／與其中途停止，不如不做還比較好。

○お喋《しゃべ》りする暇《ひま》があるぐらいなら、小説《しょうせつ》を読《よ》みたいですね。／與其花時間瞎聊，不如看看小說還比較好。

2「～ものなら～」

ものは形式體言，而なら則是だ的假定形，仍表示順態假定條件，它有下面兩種用法：

①接在表示推量的助動詞「う」、「よう」的連體形下面，構成順態假定條件，引出下面的消極情況。相當於中文的「如果…那…」、「萬一…那…」。

○失敗《しっぱい》しようものなら、大変《たいへん》なものになる。／如果失敗了的話，那就不得了了。

○もう少《すこ》し手術《しゅじゅつ》が遅《おく》れようものなら、命《いのち》を落《お》としていただろう。／如果再晚一點手術的話，那就沒有命了。

②接在動詞可能態下面，構成順態假定條件，引出幾項自己對這假定的希望。相當於中文的「如果…」。

○やれるものならやってみなさい。／如果你能做的話，你就試試看！

○それぐらいの練習《れんしゅう》で勝《か》てるものなら、勝《か》って欲《ほ》しいね。／如果做這種程度的練習就能獲勝的話，我可真希望你能贏啊！

6 （附）～である、～であります

～である、～であります都與指定助動詞だ、です的意義、用法相同，因此有的學者認為它們是指定助動詞的一種，也都相當於中文的是。

1 ～である

1 「～である」的接續關係

～である是在指定助動詞だ的連用形で下面接ある構成的，與だ相同，也接在體言或具有體言資格的各種單詞下面，與だ的意義大致相同，也相當於中文的是。

学生《がくせい》だ→学生《がくせい》である

来《く》るのだ→来《く》るのである

ないからだ↓ないからである

但它是書面語言，多用於文章中，很少用在口語裡。

它的活用按動詞ある的活用進行變化。

2 「～である」的意義、用法

①構成述語　與「だ」、「です」作述語的用法相同，可換用「だ」、「です」。相當於中文的「是」。

○僕《ぼく》は欠点《けってん》の多《おお》い人《ひと》である。／我是一個缺點多的人。

○東京《とうきょう》は日本《にほん》の首都《しゅと》で、日本一《にほんいち》の大都会《だいとかい》である。／

東京是日本的首都，是日本第一的大城市。

○台湾《たいわん》では特《とく》に蒸《む》し暑《あつ》いのは湿度《しつど》が高《たか》いからである。／

在台灣特別悶熱是由於濕度高的緣故。

②構成同位語，即用在兩個名詞之間，表示前一個名詞與後一個名詞是同一事物。譯成中文不必特別譯出。「だ」、「です」沒有這一用法。

○日本《にほん》の首府《しゅふ》である東京《とうきょう》は日本一《にほんいち》の大都会《だいとかい》である。／

日本的首都東京是日本第一的大城市。

○三十歳《さんじゅうさい》になって始《はじ》めて私《わたし》のふるさとであるこの港町《みなとまち》に帰《かえ》って来《き》た。／

到了三十歲，我才回到我的故鄉海港城市。

③接在句末的形式體言「の」之後，將述語橫展開來，用來闡述原因，說明情況。

○熊《くま》は死《し》んでいるのではなくて、深《ふか》い眠《ねむ》りにおちこんでいるのであった。／

熊並不是死了，而是進入了深層的冬眠當中。

也用來加強語氣。

○我々《われわれ》はできるはずのない事《こと》ができたのである。／我們完成了不可能的任務。

④與指定助動詞「だ」的連體形「な」結合起來，構成「なのである」用以結尾，這樣構成雙重肯定以加強語氣。

○この遺跡《いせき》は考古学上《こうこがくじょう》の重大《じゅうだい》な発見《はっけん》なのである。／

這個遺跡是考古學上的一個重大發現。

○彼《かれ》はあまり敬語《けいご》が使《つか》えない人《ひと》なのである。／他是個不太會用敬語的人。

3 「～である」構成的慣用型

①「～であろうと、～であろうと」「と」是表示逆態確定條件的接續助詞，兩個「～であろうと」分別接在同一類型、相互對立的體言（如「冬」、「夏」、「男」、「女」、「朝」、「晚」等）下面，與「～であっても」的意思相同，並列兩個逆態確定條件以引出下面的述語。相當於中文的「不管…還是…」、「無論…還是…」。

○朝《あさ》であろうと、夜《ばん》であろうと、公園《こうえん》の中《なか》を散歩《さんぽ》する人《ひと》はいつも多《おお》い。／

不管早上還是晚上，在公園裡散步的人總是很多。

○夏《なつ》であろうと、冬《ふゆ》であろうと、毎朝千五百《まいあさせんごひゃく》メートル走《はし》る。／

無論是夏天還是冬天，每天早上都跑一千五百公尺。

○大卒《だいそつ》であろうと、中卒《ちゅうそつ》であろうと、会社《かいしゃ》に入《はい》るものには皆半年《みなはんとし》の実習期間《じっしゅうきかん》がある。／

不論是大學畢業，還是中學畢業，進入公司的人都有半年實習期限。

○煤煙《ばいえん》であろうと、廃水《はいすい》であろうと、工場《こうじょう》から排出《はいしゅつ》するものはいずれも公害《こうがい》を起《お》こすものである。／不論是煤烟，還是廢水，從工廠排出的東西，都是會引起公害的。

②「～であれ、～であれ」「～であれ」是「～である」的命令形，但它只能這樣構成慣用型來用，而不能表示其他的命令。分別接在兩個相類似的事物下面，用「～であれ、～であれ」並列兩種人、兩種事物。相當於中文的「不管…還是…」、「不論…還是…」。

○男《おとこ》であれ、女《おんな》であれ、皆朗《みなほが》らかな顔《かお》をしている。／

不論男的女的，大家都很開朗。

○大根《だいこん》であれ、人参《にんじん》であれ、皆《みな》ビタミンに富《と》んだ野菜《やさい》である。／

不論是白蘿蔔還是胡蘿蔔都是富有維生素的蔬菜。

○中学生《ちゅうがくせい》であれ、高校生《こうこうせい》であれ、スポーツを愛《あい》している。／

無論是中學生還是高中生都很熱愛運動。

○物価問題《ぶっかもんだい》であれ、環境問題《かんきょうもんだい》であれ、共《とも》に重大《じゅうだい》な問題《もんだい》になりつつある。／

無論是物價，還是環境，都正演變成嚴重的問題。

2 であります

是在指定助動詞だ的連用形で下面，接存在動詞あります構成的，是である的敬體說法，

基本上與～である的意義、用法相同，只是語氣更加鄭重規矩。多用在演講或鄭重的談話中。例如：

○彼《かれ》の生涯《しょうがい》は文人《ぶんじん》として実《みの》りの多《おお》い一生《いっしょう》であります。／

他這一生可說是個作品産量相當多的文人。

○二年《にねん》あまり前《まえ》、肺《はい》が悪《わる》くなってそれから療養生活《りょうようせいかつ》が始《はじ》まったのであります。／

兩年多以前我的肺開始變得不好，從那之後就開始了療養生活。

○これは哲学《てつがく》の巨篇《きょへん》だけではありません。文学的見地《ぶんがくてきけんち》から見《み》ても大《おお》きな価値《かち》があるのであります。／那本書不僅是哲學上的巨作，從文學的角度來看，也是很有價值的。

但它與～である不同的是：～であります不能連接兩個同位語，因此下面的句子是不太使用的。

○私《わたし》は六年間《ろくねんかん》も日本《にほん》の商工業都市《しょうこうぎょうとし》であります横浜《よこはま》に住《す》んでいました。↓○～日本《にほん》の商《しょう》工業都市《こうぎょうとし》である横浜《よこはま》に住《す》んでいました。／

我在日本的工商業城市橫濱住了六年。

第九章　傳聞助動詞そうだ、そうです

傳聞助動詞有そうだ、そうです兩種，兩者意義、用法相同，只是語氣不同。そうだ構成常體的句子，是普通比較隨性的說法；而そうだ構成敬體的句子，語氣鄭重而規矩。

1 傳聞助動詞「そうだ」、「そうです」

① 「そうだ」、「そうです」的接續關係及其意義

兩者都接在動詞、形容詞、形容動詞以及助動詞れる、られる、せる、させる、ない、たい、た、だ等的終止形下面，表示講話的根據或消息來源。相當於中文的據說、聽說等。

○明日《あした》田中君《たなかくん》が僕《ぼく》の家《いえ》へ来《く》るそうだ。／聽說田中先生明天會來我家。

○李君《りくん》が今日《きょう》学校《がっこう》を休《やす》むそうだ。／聽說李同學今天請假不來學校。

○あそこの景色《けしき》はとても美《うつく》しいそうだ。／聽說那裡的風景很美。

○銀座《ぎんざ》はもっとにぎやかだそうだ。／聽說銀座更熱鬧。
○李《り》さんはお金《かね》を盗《ぬす》まれたそうだ。／聽說李先生的錢被偷了。
○鎌倉《かまくら》はとてもいい所《ところ》だそうだ。／聽說鎌倉是個非常好的地方。

そうだ、そうです經常和句首的~によると、~によれば、~の話《はなし》では、~の話《はなし》によればば等相呼應使用，表示**根據**…。例如：

○天気《てんき》予報によれば、今年《ことし》の夏《なつ》は例年《れいねん》よりずっと暑《あつ》いそうだ。／
根據天氣預報指出，今年的夏天似乎比往年要熱得多。
○お手紙《てがみ》によりますと、今年《ことし》も豊年《ほうねん》だそうですが、…／
您的來信中提到，今年似乎也是豐收的一年…
○祖父《そふ》の話《はなし》では昔《むかし》はこの辺《へん》は一面《いちめん》の林《はやし》だったそうです。／
爺爺說從前這裡是一片樹林。

②「そうだ」、「そうです」的活用

そうだ是形容動詞だ型變化，そうです是特殊型變化。但它們只有終止形、連用形，而沒有其他的活用形。

★終止形　用そうだ、そうです。

○明日《あした》は雨《あめ》が降《ふ》るそうだ。／明天應該會下雨。

○野村《のむら》さんは東京《とうきょう》へ帰《かえ》ったそうだ。／聽說野村先生已經回東京了。

○台風《たいふう》が近《ちか》づいているそうだから、旅行《りょこう》は見合《みあ》わせた方《ほう》がいいです。／
聽說颱風靠近了，旅行還是暫停一下的好。

○鈴《すず》木《き》さんが入院《にゅういん》したそうですが、どこの病院《びょういん》がご存《ぞん》知《じ》ですか。／
聽說鈴木先生住院了，你知道是哪家醫院嗎？

女性在使用そうだ、そうです時經常用そうよ、そうね表示相同的意思。

○今日《きょう》の新聞《しんぶん》にあの広告《こうこく》が載《の》せてあったそうよ。／
聽說今天的報紙，刊登了那個廣告了啊。

○野村《のむら》さんの奥《おく》さんはもう退院《たいいん》したそうよ。／聽說野村先生的太太已經出院了喔。

★連用形　用そうだ表示中止。

○李《り》さんはひどく頭《あたま》が痛《いた》むそうで先《さき》に帰《かえ》りました。／

聽說李先生頭痛得很厲害，要先回去了。

○今年《ことし》は近年《きんねん》にない豊作《ほうさく》だそうで、お百姓《ひゃくしょう》さんたちは大変《たいへん》喜《よろこ》んでいます。／

據說今年是近幾年來少有的豐收年，農民們很高興。

○会議《かいぎ》は八時《はちじ》に始《はじ》まるそうで、その前《まえ》に行《い》かなければなりません。／

聽說會議八點開始，必須在那之前到。

有時在敬語句子裡用そうでして表示中止。

○田中先生《たなかせんせい》もお元気《げんき》になられたそうでして、みんな安心《あんしん》いたしました。／

聽說田中老師很健康，這樣大家就放心了。

2 （附）〜ということだ、〜という話《はなし》だ、〜というのだ、〜という

①「〜ということだ」、「〜という話《はなし》だ」、「〜というのだ」

三者都接在小句子下面，都與そうだ意義相同，表示講話的根據、依據或消息來源。相當於中文的**聽說**、**據說**等，一般的情況下可換用そうだ。

○李《り》さんは二三日《にさんにち》のうちに退院《たいいん》できるということです。（○そうです）

聽說李先生兩三天就能出院。

○内山経済学博士《うちやまけいざいがくはくし》の話《はなし》によれば、近《ちか》いうちには物価《ぶっか》はあがることはないということだ。（○そうだ）／

據內山經濟學博士的說法，最近物價不會上漲。

○長期予報《ちょうきよほう》によると、今年《ことし》の夏《なつ》は例年《れいねん》よりずっと暑《あつ》いということだ。（○そうだ）／

據歷年的天氣預報指出，今年的夏天比往年要熱得多。

○夕《ゆう》べの放送《ほうそう》によりますと、明日《あす》は霜《しも》が降《お》りるとい話《はなし》だ（○そうだ）／

聽晚上的廣播說，明天會下霜。

但要強調確實聽說了這一事實，而在後面卻出現了相反的情況，這時一般用というのだ、ということだ而不用そうだ。例如：

○彼《かれ》が来《く》るということだった、（×そうだ）から、外出《がいしゅつ》を取《と》り止《や》めたのに来《こ》なかった。／

聽說他要來我就沒有出門，結果他卻沒有來。

○天気予報《てんきよほう》では午後《ごご》から雨《あめ》になるということだった(×そうだ)のに雲一《くもひと》つなく晴《は》れ渡《わた》っている。／

根據天氣預報報導下午會開始下雨，可是卻晴空萬里，一片雲也沒有。

上述兩個句子由於所聽說的和現實情況完全相反，因此用ということだ，這時不能用そうだ。

②「～という」

接在小句子下面，只能用～という而不能用～といった、～といっている，也表示傳聞，這點和そうだ、ということだ、という話《はなし》だ、というのだ的意義相同。但そうだ以及其他的幾個慣用型可以在句首用～によれば、～によると、～の話《はなし》では等消息來源，～という則不能用這些消息來源。它也相當於中文的聽說、據說。

○富士山《ふじさん》は三千七百七十六《さんぜんななひゃくななじゅうろく》メートルもある高《たか》い山《やま》だという。／據說富士山是一座有三千七百七十六公尺高的高山。

○湯川秀樹《ゆかわひでき》はノーベル物理賞《ぶつりしょう》を勝《か》ち取《と》ったことのある人《ひと》だという。／聽說湯川秀樹是位曾獲得諾貝爾物理獎的人。

○日本《にほん》の仏教《ぶっきょう》は隋唐《ずいとう》の時代《じだい》に日本《にほん》に伝《つた》えられたものだという。／據說日本的佛教是隋唐時代傳到日本去的。

○日本《にほん》では野党《やとう》が三《みっ》つか四《よっ》つしかないという。／據說在日本只有三個或四個在野黨。

3 傳聞助動詞そうだ與樣態助動詞そうだ的區別

兩者構成的句子形態近似，很容易搞錯，但兩者接續關係不同，意義完全不同。樣態助動詞そうだ接在用言、助動詞連用形下面，表示表現出來的樣子；而傳聞助動詞接在用言、助動詞的終止形下面，表示傳聞。（關於樣態助動詞請參看本書第十一章）。例如：

○なかなかおいしそうだ。（樣態）／好像很好吃的樣子！
○なかなかおいしいそうだ。（傳聞）／聽說很好吃啊！
○この辺《へん》にはデパートがなさそうだ。（樣態）／這附近好像沒有百貨公司。
○この辺《へん》にはデパートがないそうだ。（傳聞）／聽說這附近沒有百貨公司。
○嵐《あらし》がやって来《き》そうだ。（樣態）／暴風雨似乎要來了了。
○嵐《あらし》がやって来《く》るそうだ。（傳聞）／聽說暴風雨要來了。

總之樣態助動詞そうだ與傳聞助動詞そうだ雖然形態近似，但接續關係不同，意義不同。

第十章　比況助動詞ようだ、みたいだ

ようだ、ようです與みたいだ、みたいです意義用法基本相同，只是前兩者與後兩者的接續關係不同。

1 比況助動詞ようだ、ようです

ようだ構成常體的句子，是普通的說法，語氣隨意；ようです構成敬體的句子，語氣鄭重規矩。

① ようだ、ようです的接續關係

兩者都接在動詞、形容詞、形容動詞的連體形下面，也接在部分助動詞れる、られる、せる、させる、ない、たい、た的連體形下面，也接在名詞十の的下面。例如：

書《か》く→書《か》くようだ（書《か》くようです）

考《かんが》える→考《かんが》えるようだ（考《かんが》えるようです）
美《うつく》しい→美《うつく》しいようだ（美《うつく》しいようです）
静《しず》かだ→静《しず》かなようだ（静《しず》かなようです）
使《つか》われる→使《つか》われるようだ（使《つか》われるようです）
受《う》けさせる→受《う》けさせるようだ（受《う》けさせるようです）
運動《うんどう》しない→運動《うんどう》しないようだ（運動《うんどう》しないようです）
見《み》たい→見《み》たいようだ（見《み》たいようです）
行《い》った→行《い》ったようだ（行《い》ったようです）
学生《がくせい》→学生《がくせい》のようだ（学生《がくせい》のようです）

②ようだ、ようです的活用

它們接形容動詞だ、です活用型變化。

★終止形　用ようだ、ようです

○丸山《まるやま》さんはまるで年寄《としよ》りのようだ。（○ようです）／丸山先生簡直像個老人。

○山《やま》の上《うえ》は寒《さむ》くて冬《ふゆ》のようだ。（○ようです）／山上冷得像冬天一樣。

女性用ようだ、ようです作述語，後接終助詞ね、よ時，往往將だ、です省略，ね、よ直接接在よう的下面來用。

○楽《たの》しくてまるで夢《ゆめ》のようよ。／快樂得簡直像作夢一樣。

○野村《のむら》さんはまるで子供《こども》のようね。／野村先生簡直是個孩子啊！

★未然形 用ようだろ、ようでしょ後接う，分別構成ようだろう、ようでしょう表示推量。

○あの人《ひと》の話《はなし》は相手《あいて》を叱《しか》り付《つ》けるようだろう。（○ようでしょう）／那個人講話好像在罵人一樣。

○このごろは涼《すず》しくてまるで秋《あき》のようだろう。（○ようでしょう）／最近涼爽得像秋天一樣吧！

★連用形 比較複雜，它有下面三種形態：

①用「ようだっ」、「ようでし」後接「た」分別構成「ようだった」、「ようでした」表示過去。用來講過去的情況。例如：

○昨年《さくねん》の冬《ふゆ》は暖《あたた》かくて春《はる》のようだった（○ようでした）／
去年的冬天暖和得像春天一樣。
○その時《とき》の騒《さわ》ぎはまるで蜂《はち》の巣《す》をつついたようだった（○ようでした）／
那時的吵鬧簡直像搗壞了蜂巢似的鬧哄哄。

②分別用「ようで」表示中止，或後接「ある」、「ない」構成「である」、「で（は）ない」。

○外側《そとがわ》は本物《ほんもの》のようで、中身《なかみ》は偽者《にせもの》だ。／外表看起來像是真的，裡面卻是假的。
○ちょっと見《み》ると、本物《ほんもの》のようであるが、よく見《み》るとあやしいところがある。／
乍看像是真的，仔細一看，有些地方卻很可疑。
○どうやらこれは日本製《にほんせい》のようではない。／這好像不是日本製的。

③用「ように」作連用修飾語。

○あの人《ひと》は日本人《にほんじん》のように上手《じょうず》に日本語《にほんご》が話《はな》せます。／
他像日本人一樣能把日語講得很好。

★連體形　ようだ用ような；ようです沒有連體形。

○あの人《ひと》は泣《な》いたような顔《かお》をしている。／那個人哭喪著一張臉。

○働《はたら》かないでお金《かね》が持《も》らえるような仕事《しごと》はない。／沒有不勞而獲的工作。

★假定形　ようだ用ようなら表示假定；ようです沒有假定形。

○形《かたち》が犬《いぬ》のようなら、それは狼《おおかみ》だろう。／如果外形像狗的話，那是狼吧。

○どうしてもだめのようなら、早《はや》くあきらめなさい。／如果怎麼做都失敗的話，那就放棄了吧！

③「ようだ」、「ようです」的意義

它們的含義、用法較多，在這裡僅就主要用法作些說明。

1 表示比喻

這是最基本的用法，相當於中文的像、似、好像等。

○月日《つきひ》の経《た》つのは、水《みず》が流《なが》れるようだ（○ようです）／歲月如梭。

○あの老人《ろうじん》は元気《げんき》で、まるで若者《わかもの》のようだ（○ようです）／那個老人健康得像年輕人。

○彼《かれ》は暗誦《あんしょう》するように答《こた》えた。／他像在背書一樣地回答了。

○四月《しがつ》なのに真夏《まなつ》のような暑《あつ》さだ。／才四月，就已經跟盛夏的熱度一樣了。

作為比喻的用法，有許多固定的慣用語。

○雪《ゆき》のように白《しろ》い。／像雪一樣地白。

○死《し》んだように眠《ねむ》い。／睡死了一樣。

○蚊《か》の鳴《な》くような声《こえ》。／聲音小得跟蚊子一樣。

○芋《いも》を洗《あら》うような混雑《こんざつ》。／擁擠不堪。

2 表示不是十分肯定的推斷

這種推斷既可以是有根據的，也可以是的主觀推斷。相當於中文的好像、似乎等。

○あの話《はなし》は以前《いぜん》にどこかで聞《き》いたことがあるようだ。／

那件事情，我好像以前在哪聽過。

○あの人《ひと》はどうもよく知《し》らないようだ。／他好像也不太知道。

○電車《でんしゃ》が遅《おく》れているところを見《み》ると、何《なに》か事故《じこ》があったようだ。／電車誤點也許發生了什麼事故。

○彼《かれ》の論文《ろんぶん》はもう書《か》き上《あ》げたように思《おも》われます。／他的論文應該已經寫完了。

講過去事情時，則用～ようだった、～ようでした。例如：

○彼《かれ》らは私《わたし》の事《こと》について何《なに》も知《し》らないようだった。（○ようでした）／之前他們好像對我的情況一點也不了解。

3 表示例示

舉出某一具體的事例來說明某種問題、某種情況，這時多用ような作連體修飾語來用，個別時用ように作連用修飾語。相當於中文的**像**…。

○僕《ぼく》はサッカーやラクビーのような激《はげ》しい運動《うんどう》が好《す》きだ。／我喜歡像足球、橄欖球那種激烈的運動。

○東京《とうきょう》のような大都会《だいとかい》ではみんな公害《こうがい》に悩《なや》まされている。／像東京那樣的大城市都為公害所苦。

○あなたのような意地《いじ》の悪《わる》い人《ひと》は大嫌《だいきら》いだ。／我討厭像你這樣壞心腸的人。

○北海道《ほっかいどう》のような寒《さむ》い地方《ちほう》では春《はる》と夏《なつ》が一緒《いっしょ》にやってくる。／在像北海道那樣寒冷的地方，春天是隨著夏天一起到來的。

○このごろは毎日《まいにち》のように夕立《ゆうだち》が降《ふ》る。／最近，每天都下午後雷陣雨。

以上是ようだ、ようです的主要用法。

2 ようだ、ようです構成的慣用型

1「～ようになる」

接在動詞、部分動詞（如：れる、られる、せる、させる等）連體形下面，句末多以～ようになった、～ようになるだろう形式出現，表示某種趨向，即逐漸形成了某種情況或逐漸發展到了某種地步。相當於中文的…起來。例如：

○最近《さいきん》多《おお》くの人《ひと》が海外《かいがい》へ行《い》けるようになった。／最近很多人都有能力到國外去了。

○日本語《にほんご》で短《みじか》い文章《ぶんしょう》も書《か》けるようになった。／能夠用日語寫短篇文章了。

○このごろ弟《おとうと》も勉強《べんきょう》するようになった。／最近弟弟也用起功來了。

○二三回《にさんかい》食《た》べると、刺身《さしみ》が食《た》べられるようになるだろう。／吃了兩三次，就敢吃生魚片了吧！

2 「～ようにする」

接在動詞、部分助動詞（せる、させる、れる、られる、ない等）連體形下面，句末多以～ようにした、～ようにしている、～ようにするだろう等形式結尾，表示決定盡量做某種事情。相當於中文的**盡可能（做）…、盡量（做）…**等。

○私《わたし》は毎日《まいにち》一時間《いちじかん》運動《うんどう》するようにした。／我盡量每天運動一個小時。

○私《わたし》たちはお互《たが》いに日本語《にほんご》で話《はなし》をするようにしている。／我們盡可能互相用日語對話。

○父《ちち》はこれから煙草《たばこ》を吸《す》わないようにするだろう。／父親決定今後不抽菸了吧！

3 「～ように動詞」

實際上它和前一用法視為同一個用法，也可以說是前一用法的引申用法，只是述語沒有用する而使用了其他動詞，這時的ように表示下面動作、活動的內容或活動的目標。要根據前後關係適當地譯成中文。一般先譯後半句，後譯前半句。例如：

○風邪《かぜ》を引《ひ》かないように気《き》を付《つ》けなさい。／注意不要感冒了！

○みんなが聞《き》こえるように大《おお》きな声《こえ》で言《い》ってください。／說大聲一點，讓大家都聽得見。

○風邪《かぜ》が通《とお》るように窓《まど》を大《おお》きく開《あ》けなさい。／把窗戶開大一點好通風。

○健康《けんこう》のためにできるだけ運動《うんどう》をするように、心《こころ》がけましょう。／要記住，為了健康盡量多做運動。

如果是命令句，述語的動作與前面目標是同一個主語時，後半部的述語部分可以省略，省略後仍含有命令的語氣。例如：

○手紙《てがみ》をもらったらすぐ返事《へんじ》を書《か》くように（しなさい）。／收到信後，要立刻回信！

○風邪《かぜ》を引《ひ》かないように（気《き》を付《つ》けなさい）。／小心不要感冒了！

○お忘《わす》れ物《もの》のないように（お願《ねが》いいたします）／請不要忘了帶走東西！

最後一句主述語關係稍有不同。

4「～ようになっている」

接在動詞、部分助動詞（如れる、られる、せる、させる）連體形下面，多以～ようになっている形式，表示主語處於某種狀態，如某一機器具有某種結構、性能；某一組織具有某種制度。可根據前後關係適當地譯成中文。

○この機械《きかい》はどこかに故障《こしょう》が起《お》きると、ベルが鳴《な》るようになっている。／這個機器若哪裡有問題，就會響起鈴聲。

○このドアはボタンを押《お》すと、自動的《じどうてき》に開閉《かいへい》するようになっている。／這個門只要一按電鈕，就會自動開關。

○荷物《にもつ》をここに置《お》くと、、目方《めかた》が測《はか》れるようになっている。／把行李放在這裡就可以量出重量了。

○薬局《やっきょく》には夜間営業部《やかんえいぎょうぶ》があって、そこへ行《い》けば夜間《やかん》でも薬《くすり》を買《か》うことができるようになっている。／藥房有夜間販賣部，到那裡即使是晚上也買得到藥。

3 ～みたいだ、～みたいです

～みたいだ、～みたいです是ようだ、ようです的俗語說法，兩者意義相同。みたいだ構成常體句子，語氣隨性一些，みたいです構成敬體句子，語氣鄭重、規矩一些。

1 みたいだ、みたいです的接續關係

它們與ようだ、ようです不同，直接接在體言下面，個別時候直接接在形容動詞語幹下面；另外也接在動詞、形容詞、部分助動詞（れる、られる、せる、させる、たい、ない、た等）的終止形下面。例如：

学生《がくせい》↓学生《がくせい》みたいだ（学生《がくせい》みたいです）

きれいだ↓きれいみたいだ↓（きれいみたいです）

飛《と》ぶ→飛《と》ぶみたいだ（飛《と》ぶみたいです）

降《ふ》った→降《ふ》ったみたいだ→（降《ふ》たみたいです）

2 みたいだ、みたいです的活用

它們的活用形有終止形、未然形、連用形、連體形、假定形。例如：

★終止形 用みたいだ、みたいです

○彼《かれ》の格好《かっこう》から見《み》ると、まるで労働者《ろうどうしゃ》みたいだ。／從他的打扮來看，簡直像一個工人。

○秋山《あきやま》は怠《なま》け者《もの》みたいだが、成績《せいせき》は悪《わる》くはない。／秋山好像是個懶鬼，但成績不差。

女性用みたいだ、みたいです做述語用時，一般將だ、です省略去，直接在みたい下面接終助詞ね、よ等。例如：

○まるで夢《ゆめ》みたいね。／簡直像作夢一樣啊！

○お兄《にい》さんは教授《きょうじゅ》みたいね。／你哥哥好像個教授呢！

○あの人《ひと》はまるで子供《こども》みたいね。／他簡直像個孩子嘛！

★未然形　分別用みたいだろ、みたいでしょ，後接う，構成みたいだろう、みたいでしょう，表示推量。

○このごろは温《あたた》かくて、まるで春《はる》みたいだろう。（○みたいでしょう）／

最近暖和得簡直像春天一樣呢！

○あの帽子《ぼうし》をかぶった人《ひと》は李君《りくん》の弟《おとうと》みたいだろう。（○みたいでしょう）／

那個戴帽子的人是李同學的弟弟吧！

★連用形　比較複雜。

①用「みたいで」表示中止。

○庭《にわ》は野原《のはら》みたいで、草《くさ》が一面《いちめん》に生《は》えている。／院子簡直像草原一樣，長滿了草。

②用「みたいに」做連用修飾語。

○それは機械《きかい》みたいに正確《せいかく》な動作《どうさ》だ。／那動作簡直像機器一樣地準確。

○そう子供《こども》みたいにわあわあ騒《さわ》ぐな。／不要那樣像小孩子似地哇哇地吵！

③用「みたいだっ」、「みたいでし」後接「た」，構成「みたいだった」、「みたいでした」，表示過去。

○そろそろまた仕事《しごと》を始《はじ》めるみたいでした。（○みたいだった）／好像又差不多要開始了工作。

○彼《かれ》は本当《ほんとう》に何《なに》も知《し》らないみたいだった。（みたいでした）／他好像什麼都不知道似的。

★**連體形**　用みたいな修飾體言。

○まるで真冬《まふゆ》みたいな寒《さむ》さだね。／冷得真像嚴冬啊！

○神戸《こうべ》、横浜《よこはま》みたいな町《まち》が好《す》きだ。／我喜歡像神戸、橫濱這樣的城市。

★**假定形**　一般用みたいなら

○形《かたち》が犬《いぬ》みたいなら、それは狼《おおかみ》だろう。／形狀如果像狗的話，那就是狼吧。

沒有命令形。

3 みたいだ、みたいです的意義

它和ようだ、ようです一樣有下面三種含義：

1 表示比喻　是最基本的用法。相當於中文的「像」、「好像」等。

○彼《かれ》はまるで子供《こども》みたいです。／他簡直像個小孩子。

○あの人体《ひとからだ》が大《おお》きくてお相撲《すもう》さんみたいです。／他身材高大像一個相撲選手。

○彼《かれ》の描《か》いた絵《え》は子供《こども》が描《か》いたみたいです。／他的畫簡直像小孩子畫的一樣。

○一面《いちめん》に霜《しも》が降《お》りて、まるで雪《ゆき》が降《ふ》ったみたいです。／地上結滿了霜，簡直像下了雪一樣。

○合格《ごうかく》の知《し》らせを受《う》けて、子供《こども》みたいにはしゃぎまわります。／收到錄取的通知，高興得又吵又嚷，簡直像個孩子。

2 表示不太肯定的推斷　相當於中文的「好像」、「似乎」等。例如：

○また雨《あめ》が降《ふ》り出《だ》したみたいだよ。／好像又下起雨來了。

○彼《かれ》は本当《ほんとう》に知《し》らないみたいだ。／他好像真的不知道似的。

○どうやらあの眼鏡《めがね》をかけた人《ひと》は田中君《たなかくん》の妹《いもうと》みたいだね。／總覺得那個戴眼鏡的人好像是田中的妹妹。

○あのお客《きゃく》さんは魚《さかな》が嫌《きら》いみたいだから、何《なに》か他《ほか》のものにした方《ほう》がいい。／

那位客人好像不愛吃魚，給他點其它的東西吧！

3 表示例示　這時也多用「みたいな」，個別時候用「みたいに」。

○小説《しょうせつ》みたいな面白《おもしろ》い話《はなし》がある。／還有一件像小説般有趣的事情。

○君《きみ》みたいな元気《げんき》な青年《せいねん》なら頼《たの》もしいがね。／像你這樣元氣十足的青年真是大有可為的啊！

○何《なに》か針《はり》みたいな物《もの》がないでしょうか。／有沒有像是針那樣的東西嗎？

○コーヒーみたいに刺激性《しげきせい》の強《つよ》い飲《の》み物《もの》はできるだけ飲《の》むのを控《ひか》えた方《ほう》がいいでしょう。／還是盡量不要喝咖啡之類刺激性強的飲料比較好。

○今年《ことし》みたいに暑《あつ》い夏《なつ》は初《はじ》めてだ。／像今年這麼炎熱的夏天還是頭一遭。

4 ようだ與〜みたいだ的區別

從以上說明可以知道：兩者都可以用來表示比喻、推斷以及例示，但ようだ的使用範圍比みたいだ更廣。

1 在推斷其他人的意志、感情時，為了避免講話的語氣武斷，可以用「〜ようだ」，而不能用「みたいだ」。

○気《き》が進《すす》まないようなら（×みたいなら）お断《ことわ》りになってもいいんです。／如果你不想做的話，推掉也可以的。

○分《わ》からないようだったら（×みたいだったら）ご遠慮《えんりょ》なくお聞《き》きください。／如果你不懂的話，可以問別客氣！

2 作為推斷來用時，「ようだ」構成的慣用型，如「ようになる」、「ようにする」、「ように動詞」、「ようなものなら」等都只能用「よう（だ）」而不能用「みたい（だ）」。例如：

○このごろ弟《おとうと》も勉強《べんきょう》するようになった。（×みたいになった）／弟弟最近也用功起來了。

○風《かぜ》が通《とお》るように（×みたいに）窓《まど》を大《おお》きくあけなさい。／把窗戶開大一點，通通風吧！

○遅《おく》れないように（×みたいに）早《はや》く行《い》きましょう。／避免遲到還是早點去吧！

○一日《いちにち》も早《はや》く全快《ぜんかい》なさいますように（×みたいに）お祈《いの》りしております。／我祝您早日康復。

○行《い》きたくないようなら（×みたいなら）行《い》かなくてもいい。／你不想去的話，也可以不去。

3 表示舉例時，「ようだ」可以接在「この」、「その」、「あの」、「どの」等下面，構成「このよう～」、「そのよう～」、「あのよう～」、「どの

よう〜」等用，而「みたいだ」則不能用「このみたい〜」等，例如：

○そのような（×そのみたいな）家《いえ》に住《す》んでいる人《ひと》は殆《ほとん》ど失業者《しつぎょうしゃ》であります。／

住在那種房子裡的幾乎都是失業的人。

○私《わたし》の名前《なまえ》はこのように（×ものみたいに）書《か》きます。／我的名字是這樣寫的。

○あなたはどのような（×どのみたいな）家《いえ》に住《す》んでいますか。／

你住什麼樣的房子呢？

一些慣用的舉例用法，也用ように。

○その原因《げんいん》は次《つぎ》のように（×みたいに）考《かんが》えられます。／原因推測如下。

○ご承知《しょうち》のように（×みたいに）奈良《なら》は日本《にほん》の古《ふる》い都《みやこ》であります。／

如你所知，奈良是日本的古都。

4（附）如《ごと》し

如《ごと》し是文語比況助動詞，現在也做為書面語言用在口頭語言中，與口語ようだ的意思、用法相同。

1 ごとし的接續關係

它的接續關係如下：

①接在名詞十の下面
②接在動詞連體形下面
③接在助動詞れる、られる、せる、させる連體形下面
④接在文語助動詞ず的連體形ざる下面

⑤接在文語助動詞たり的連體形たる下面

⑥接在文語助動詞なり的連體形なる等下面。例如：

雪《ゆき》↓雪《ゆき》の如《ごと》し

走《はし》る↓走《はし》る如《ごと》し

見えず↓見えざる如《ごと》し

落《お》ちたり↓落《お》ちたる如《ごと》し

②如《ごと》し的活用及其意義

它只有終止形、連用形、連體形用在口語裡。多用來表示比喻或例示。相當於中文的**像**、**似**、**如**等。

★**終止形**　用在口語裡用如《ごと》きである，個別時候也用文語原來的終止形ごとし。例如：

○地面《じめん》に落《お》ちたる花《はな》びらは真《まこと》に雪《ゆき》の如《ごと》きである。／落在地面上的花瓣，簡直像雪一樣。

○光陰《こういん》は矢《や》の如《ごと》し。／光陰似箭。

★連用形 用如《ごと》く表示中止或作連用修飾語。

○大粒《おおつぶ》の雨《あめ》が滝《たき》の如《ごと》く降《ふ》り注《そそ》ぐ。／大的雨滴像瀑布似地落下。

○首相《しゅしょう》は外交問題《がいこうもんだい》について次《つぎ》の如《ごと》く見解《けんかい》を述《の》べた。／首相就外交問題做了以下闡述。

★連體形 用如《ごと》き修飾下面體言。

○山《やま》の如《ごと》き大波《おおなみ》が背後《はいご》から襲《おそ》いかかった。／像山一樣的浪濤從背後襲來。

○東京《とうきょう》の如《ごと》き大都会《だいとかい》はいずれも公害《こうがい》に悩《なや》まされている。／像東京這樣的大城市始終都為公害所苦。

有時也直接用如《ごと》き來作句子的主語、補語、受詞等，這時是將所修飾的體言省略了的說法，它含有貶義。例如：

○君如《きみごと》きに負《ま》けてたまるか。／我怎麼受得了輸給你這樣的人咧！

○便乗値上《びんじょうねあ》げの如《ごと》き（こと）は断《だん》じて許《ゆる》せない。／絕不允許藉機漲價的行為！

第十一章　様態助動詞そうだ、そうです

樣態助動詞有そうだ、そうです兩種，意義用法相同，只是語氣不同。そうだ是形容動詞だ活用型的助動詞，構成常體的句子，是普通的說法，語氣比較隨性；而そうです屬於形容動詞です活用型的助動詞，構成敬體的句子，語氣鄭重規矩。

1 樣態助動詞そうだ、そうです

1 そうだ、そうです的接續關係

它們的接續關係比較複雜，有以下幾種不同的接續情況：

1 接在動詞以及動詞型助動詞連用形下面：

降《ふ》る→降《ふ》りそうだ（降《ふ》りそうです）

落《お》ちる↓落《お》ちそうだ（落《お》ちそうです）
溢《あふ》れる↓溢《あふ》れそうだ（溢《あふ》れそうです）
来《く》る↓来《き》そうだ（来《き》そうです）
承知《しょうち》する↓承知《しょうち》しそうだ（承知《しょうち》そうです）
見《み》られる↓見《み》られそうだ（見《み》られそうです）
待《ま》たせる↓待《ま》たせそうだ（待《ま》たせそうです）

看一看它們的使用情況：

○雨《あめ》が降《ふ》りそうだったから早《はや》く帰《かえ》って来《き》ました。／眼看要下雨了，所以早點回來。

○友達《ともだち》が承知《しょうち》しそうなら、話《はなし》してみるがいい。／如果朋友答應的話，可以跟他談看看。

○皆《みんな》に見《み》られそうでいやです。／好像快被人家看見好討厭。

○長《なが》く待《ま》たせそうだったから、帰《かえ》って来《き》た。／似乎要等很久的樣子，所以我就回來了。

2 接在形容詞、形容動詞語幹下面。

強《つよ》い↓強《つよ》そうだ（強《つよ》そうです）
悲《かな》しい↓悲《かな》しそうだ（悲《かな》しそうです）
残念《ざんねん》だ↓残念《ざんねん》そうだ（残念《ざんねん》そうです）
窮屈《きゅうくつ》だ↓窮屈《きゅうくつ》そうだ（窮屈《きゅうくつ》そうです）

但形容詞よい的語幹一個音節，讀起來不便因此用：

よい↓よさそうだ（よさそうです）

希望助動詞たい也和形容詞活用一樣，也在たい的語幹た下面接そうだ，用～たそうだ。

帰《かえ》りたい↓帰《かえ》りたそうだ（帰《かえ》りたそうです）

看一看它們的用法：

例如：

○この映画《えいが》は面白《おもしろ》そうだ。／這個電影好像很有意思。
○今日《きょう》は寒《さむ》そうです。／今天好像很冷啊！
○この本《ほん》は内容《ないよう》がよさそうなので、買《か》って来《き》ました。／

這本書內容好像很好的樣子所以就買下來了。

○あそこも静《しず》かそうですね。／那裡好像很安靜。

○丈夫《じょうぶ》そうな靴《くつ》ですね。／感覺是很堅固的鞋子。

○太郎《たろう》も早《はや》く帰《かえ》りたそうだ。／太郎似乎想早一點回去的樣子。

○三郎《さぶろう》も一緒《いっしょ》に来《き》たそうな様子《ようす》だったから、連《つ》れて来《き》た。／三郎也似乎很想加入的樣子，所以我把他帶來了。

3 接在否定助動詞「ない」的「な」下面，用「～なそうだ」。例如：

折《お》れない↓折《お》れなそうだ（折《お》れなそうです）

勝《か》てない↓勝《か》てなそうだ（勝《か》てなそうです）

知《し》らない↓知《し》らなそうだ（知《し》らなそうです）

○明日《あした》の試合《しあい》には味方《みかた》も勝《か》てなそうで心配《しんぱい》している。／明天的比賽，我方好像無法取得勝利的樣子，令我很擔心。

※此用法在日語文法上是正確的，但已較少人使用。

4 形容詞「ない」下面接「そうだ」（そうです）時，要用「～なさそうだ」（～なさそうです），表示「不像…」。

ない→なさそうだ（なさそうです）
高《たか》くない→高《たか》くなさそうだ（高《たか》くなさそうです）
寒《さむ》くない→寒《さむ》くなさそうだ（寒《さむ》くなさそうです）
丈夫《じょうぶ》ではない→丈夫《じょうぶ》ではなさそうだ（丈夫《じょうぶ》ではなさそうです）
綺麗《きれい》ではない→綺麗《きれい》ではなさそうだ（綺麗《きれい》ではなさそうです）

例如：

○いい物《もの》がなさそうだから何《なに》も買《か》わないで帰《かえ》って来《き》た。／似乎沒有什麼好東西，我什麼也沒有買就回來了。

○皆《みんな》は面白《おもしろ》くなさそうな表情《ひょうじょう》になった。／大家的表情都變得有些僵硬了起來。

○丈夫《じょうぶ》ではなさそうな靴《くつ》だから、一週間《いっしゅうかん》履《は》くと、もう履《は》けなくなるだろう。／不像是雙堅固的鞋子，也許穿一個星期，就不能穿了。

另外兩種接續方式皆可的有情《なさ》けなさそうだ、くだらなさそうだ，也用情《なさ》けなさそうだ、くだらなそうだ。

②そうだ、そうです的活用及其用法

1 そうだ、そうです的活用

它有終止形、未然形、連用形、連體形、假定形，但沒有命令形。

★終止形 用そうだ、そうです。

○今《いま》にも雨《あめ》が降《ふ》りそうだ。（○そうです）／眼看要下雨了。

○なかなか面白《おもしろ》そうだ。（○そうです）／好像很有意思的樣子。

○寒《さむ》そうだから（○ですから）セーターを来《き》なさいよ。／很冷的樣子，穿上毛衣吧！

女性在そうだ、そうです下面接終助詞ね、よ時，往往將だ、です省略，直接用ね、よ。

○雨《あめ》が降《ふ》りそうよ。／要下雨囉！

○なかなか面白《おもしろ》そうね。／好像很有意思呢！

★未然形 用そうだろ、そうでしょ，都後接う構成そうだろう、そうでしょう，表示推量。

〇雨《あめ》が降《ふ》りそうだろう。（〇降《ふ》りそうでしょう）／快下雨了吧！

〇あの家《いえ》が倒《たお》れそうだろう。（〇倒《たお》そうでしょう）／那棟房子眼看就要倒了吧！

★**連用形** 比較複雜。

①分別用「そうだっ」、「そうでし」後接「た」，構成「そうだった」、「そうでした」，表示過去。

〇夕《ゆう》べ雨《あめ》が降《ふ》りそうだった。（〇降《ふ》りそうでした）ね。／昨晚眼看就要下雨了。

〇値段《ねだん》が高《たか》そうだった（〇高《たか》そうでした）ので、買《か》いませんでした。／價錢似乎貴了一些，就沒有買了。

②用「そうで」，表示中止。

〇嵐《あらし》がやって来《き》そうなので、麦《むぎ》の取入《とりい》れを急《いそ》いでいる。／眼看暴風雨要來了，大家都在加緊腳步收割小麥。

③「そうだ」用「そうに」作連用修飾語用，「そうです」沒有這一用法。

〇彼《かれ》はいかにも得意《とくい》そうに言《い》いました。／他很得意地說了。

○お母《かあ》さんは死《し》ぬ前《まえ》に苦《くる》しそうにそれを私《わたし》に言《い》いました。／母親在臨死前，似乎很痛苦地告訴了我那件事。

★連體形 用そうな修飾下面的體言。

○雨《あめ》の降《ふ》りそうな空模様《そらもよう》です。／看天空像是要下雨的樣子。

○試合《しあい》が終《お》わって皆《みんな》は嬉《うれ》しそうな顔《かお》をして帰《かえ》って来《き》ました。／比賽完了之後，大家興高采烈地回來了。

★假定形 用そうなら表示順態假定。

○雨《あめ》が降《ふ》りそうなら、傘《かさ》を持《も》って行《い》けばいいじゃないか。／如果會下雨的話，帶把傘去就可以了吧。

○難《むずか》しそうなら、繰《く》り返《かえ》して読《よ》みなさい。／如果覺得難的話，就反覆地唸吧！

2 「そうだ」、「そうです」的否定形式

它們比較複雜，值得注意。

①「そうだ」、「そうです」**接在動詞或動詞型助動詞下面時，用～そうもない、～そう**

に（も）ない，兩者都表示「不像是…」、「似乎…不…」。例如：

○この分《ぶん》じゃ、当分雨《とうぶんあめ》が降《ふ》りそうもない。／這個樣子，短期內不像會下雨。

○今《いま》から行《い》っても間《ま》に合《あ》いそうに（も）ない。／即使現在去，似乎也來不及了。

○こんな難《むずか》しい問題《もんだい》は彼《かれ》にも解《と》けそうに（も）ない。／這樣的難題，他似乎也解不開。

②「そうだ」、「そうです」接在形容詞、形容動詞下面時，用「～そうではない」和「～なさそうだ」兩種形式。

○このお菓子《かし》はあまりおいしそうではない。／這種點心好像不是很好吃。

○このお菓子《かし》はあまりおいしくなさそうだ。／這種點心好像不是很好吃。

○彼女《かのじょ》はプレゼントをもらってもあまり嬉《うれ》しそうではなかった。／她收到禮物，好像也不太高興。

○彼女《かのじょ》はプレゼントをもらってもあまり嬉《うれ》しくなさそうだった。／她收到禮物，好像也不太高興。

上述句子用おいしそうではない、うれしそうではない是おいしそうだ、うれしそうだ的否定形式；而おいしくなさそうだ、うれしくなさそうだ則是おいしくない、うれしくない後接そうだ構成的。

但動詞表示樣態的否定形式除了前面講到的~そうもない、~そうに（も）ない以外，個別時候也用動詞十そうではない。例如：

○会議《かいぎ》はすぐには始《はじ》まりそうではない。／會議應該不會馬上開始。

但這時只是作為：

○会議《かいぎ》はもう始《はじ》まりそうですか。／會議就要開始了嗎？

的答句時使用，一般是不會這麼用的。

③そうだ、そうです的意義

1 表示從外觀上看到的樣子，即樣態。這時多接在形容詞、形容動詞以及可能動詞、狀態動詞下面，表示從外觀上看到的性質、狀態給人的感覺。相當於中文的「好像…似的」、「似乎…」。例如：

○あのりんごがおいしそうです。／那個蘋果似乎很好吃啊！

○お忙《いそが》しそうですね。／你好像很忙啊！

○彼《かれ》はいかにも健康《けんこう》そうに見《み》えます。／他看起來很健康。

○まだ使《つか》えそうだから、捨《す》てないでください。／似乎還能用的樣子，請不要扔掉！

○ここに問題《もんだい》がありそうです。／這裡似乎有問題。

2 對表示即將出現的情況做推斷

這時多接在動作動詞的下面，表示某種情況即將出現或發生。相當於中文的眼看就要…、就要…。

○あの家《いえ》が倒《たお》れそうです。／那棟房子就要倒了。

○今《いま》にも一雨《ひとあめ》来《き》そうな空模様《そらもよう》ですね。／天空的樣子，眼看就要下雨了。

○危《あや》うく谷底《たにぞこ》に落《お》ちそうになりました。／差一點就掉到深谷裡了。

○荒波《あらなみ》を受《う》けてボートが転覆《てんぷく》しそうになりました。／受到波濤的沖擊，小船眼看就要翻了。

這一用法有時用來表示某種事物有實現的可能、有實現的希望。相當於中文的似乎能…、會…。例如：

○その仕事《しごと》は今日《きょう》中《じゅう》に終《お》わりそうですか。／那件工作今天會完成嗎？

○出席《しゅっせき》してくれそうな人《ひと》を数《かぞ》えてみましょう。／數一數可能會出席的人吧！

3 表示主觀的推斷　表示根據目前的情況或自己的經驗，主要地進行分析、推測。相當於中文的「似乎是…」。例如：

○あの人《ひと》ならやりそうな事《こと》ですね。／他的話，似乎是能勝任。

○今《いま》から行《い》っても間《ま》に合《あ》いそうにもない。／即使現在去似乎也來不及了。

○暑《あつ》い時《とき》ですから、生《なま》ものは避《さ》けたほうがよさそうです。／天氣熱，最好避免吃生冷的食物。

2 樣態助動詞的そうだ與比況助動詞ようだ的區別

兩者都表示從主觀上進行的推斷，在這一點上兩者是相同的。但そうだ則表示根據視覺看到的並未經過較多考慮所進行的推斷；而ようだ則表示根據自己的經驗或經過思考進行的慎重推斷，或根據傳聞所作的推斷。因此有時構成類似的句子，但含義有上述不同。例如：

○この魚《うお》が死《し》にそうだ。／這條魚看起來快死了。

○この魚《うお》が死《し》ぬようだ。／這條魚快死了。

用死《し》にそうだ時，表示看起來魚快要死了，有一種緊迫感，而有死《し》ぬようだ時，則是根據自己的經驗或聽旁人說**這魚要死了**，它沒有緊迫感。

○ここに問題《もんだい》がありそうだ。／這裡看起來有問題。

○ここに問題《もんだい》があるようだ。／這裡好像有問題。

用ありそうだ時說話者並不敢肯定這裡有問題，而是主觀推斷覺得有這種可能；而用あるようだ時則表示已經知道有問題，只是用ようだ來緩和講話的語氣，以避免過於武斷。

○こっちの方《ほう》がうまそうだ。／這個好像很好吃。

○こっちの方《ほう》がうまいようだ。／這個比較好吃。

うまそうだ是講話人並未親自品嚐，只是看這個點心似乎很好吃；而用うまいようだ時則表示在自己嚐過的基礎上作出的判斷，而不僅僅是看起來。

但接在時間助動詞下面時，只能用ようだ，而不能用そうだ，因為そうだ多是用來推斷眼前尚未發生的事情。例如：

○（地面《じめん》が濡《ぬ》れているから）昨晩雨《さくばんあめ》が降《ふ》ったようだ。／（地面都濕了）昨晚似乎下了雨。

×昨晩雨《さくばんあめ》が降《ふ》ったそうだ。

相反地作連體形修飾語時，則多用～そうな，而不用ような。例如：

○死《し》にそうな金魚《きんぎょ》が二匹《にひき》いる。／有兩條快死掉的金魚。

×死《し》ぬような金魚《きんぎょ》が二匹《にひき》いる。
○二人《ふたり》は暑《あつ》そうな二階《にかい》にあがった。／兩個人走上了似乎很熱的二樓。
×二人《ふたり》は暑《あつ》いような二階《にかい》にあがった。

第十二章　推量助動詞らしい

推量助動詞有らしい、べきだ、べきです。另外助動詞う、よう有的學者認為它們也是推量助動詞，但由於它們多用來表示意志，而作為推量來用時較少，因此本書將它們歸類在第十三章意志助動詞中進行說明。

1 推量助動詞らしい

1 らしい的接續關係

らしい接在體言、形容動詞語幹下面，也接在動詞、形容詞、部分助動詞（れる、られる、せる、させる、たい、ない、た）的終止形下面，用來表示推量。例如：

先生《せんせい》だ→先生《せんせい》らしい　　来《く》る→来《く》るらしい

丈夫《じょうぶ》だ↓丈夫《じょうぶ》らしい
静《しず》かだ↓静《しず》からしい
ある↓あるらしい
できる↓できるらしい

勉強《べんきょう》する↓勉強《べんきょう》するらしい
行《い》きたい↓行《い》きたいらしい
分《わか》らない↓分《わか》らないらしい
帰《かえ》ってきた↓帰《かえ》ってきたらしい

也可以接在部分助詞下面。例如：

四月《しがつ》からだ↓四月《しがつ》かららしい
彼《かれ》だけだ↓彼《かれ》だけらしい

②「らしい」的活用

它接在形容詞型活用變化。但只有連用形、終止形、連體形。

★終止形　らしい，用來結尾或後接と、し、が、から以及傳聞助動詞そうだ。

○あの川《かわ》の辺《ほとり》に見《み》えるのは小学校《しょうがっこう》らしい。／在河邊的好像是所小學。

○彼《かれ》には相当《そうとう》自信《じしん》があるらしい。／他好像有相當大的把握。

○聞《き》こえないらしいから、きっと大《おお》きな声《こえ》でお呼《よ》びなさい。／他好像沒有聽見，再大聲點叫他吧！

★連體形　用らしい，後接體言或ので、のに等。

○バスの中《なか》で李先生《りせんせい》らしい人《ひと》を見《み》た。／在公車上看見一位像李老師的人。

○雨《あめ》が降《ふ》るらしいので、すぐ帰《かえ》って来《き》た。／好像快要下雨了，所以立刻就回來了。

★連用形　比較複雜，有下面兩種形態：

①用「らしく」　表示中止、連用，如後接「て」等。

○雨《あめ》が降《ふ》ったすぐ後《あと》らしく、道《みち》は濡《ぬ》れて歩《ある》くのに骨《ほね》が折《お》れた。／好像剛下過雨，道路很濕，走路起路來很費勁。

○何《なに》かあるらしくて人《ひと》が大勢《おおぜい》集《あつ》まっていた。／好像發生了什麼事情，聚集了許多人。

②用「らしかっ」後接「た」、「たり」等。

○さっき来《き》たのは二組《にくみ》の担任《たんにん》の先生《せんせい》らしかった。／剛才來的那個人好像是二班的級任導師。

但它的連用形不能後接ない，即不能用らしくない，要表示否定時用ないらしい。例如：

×あの人《ひと》は学生《がくせい》らしくない。→○あの人《ひと》は学生《がくせい》ではないらしい。／他好像不是學生。

它沒有未然形、假定形、命令形。

③らしい的意義、用法

らしい表示根據客觀情況，有根據、有確信的推斷或委婉的判斷。相當於中文的好像、似乎等。

○傘《かさ》を指《さ》していないところを見《み》ると、雨《あめ》はもう止《や》んだらしい。／看人們都沒有撐傘的情況，雨似乎已經停了。

○仲良《なかよ》く話《はなし》しているところを見《み》ると二人《ふたり》の喧嘩《けんか》もこれでおしまいらしい。／從兩人親密談話的情況看來似乎已經和好了。

○どこかへ出掛《でか》けたらしく、ドアに鍵《かぎ》がかかっている。／好像不知道去哪了，門上了鎖。

○あの方《かた》はなかなか勉強家《べんきょうか》らしく、随分本《ずいぶんほん》を持《も》っている。／他好像是個很用功的人，擁有好多的書。

上面的前面兩個句子都在前半部提到了客觀的根據，因此後半句用了推量句時可以用らしい；後面兩個句子在らしい的後面都提出了充分的根據，因此前半句用了らしい表示推量。

即使在句子裡沒有這樣的根據，但也可以用らしい來造推量句，這時仍含有確定根據的含義。例如：

○あの問題《もんだい》はまだ解決《かいけつ》していないらしい。／那個問題好像還沒有解決。

○不思議《ふしぎ》に思《おも》われるかもしれないが、それはどうも事実《じじつ》らしい。／你也許會認為不可思議，但那件事的確是事實。

○あそこは静《しず》からしいが、少《すこ》し遠《とお》すぎる。／那裡似乎很安靜，但遠了點。

○仕事《しごと》をしているらしかったので、入《はい》らなかった。／他好像在工作，所以我沒有進去。

2 助動詞らしい與接尾語らしい

在日本語裡助動詞有らしい，接尾語也有らしい，兩者形態完全相同，但意義不同，有必要加以區別。

1 接尾語「らしい」的接續關係及其意義、用法

接尾語らしい接在名詞、形容動詞語幹下面，個別的接在副詞下面，含有帶有…性質、具有…氣質、像…一樣的意思。例如：

男《おとこ》↓男《おとこ》らしい／有男子氣概

女《おんな》↓女《おんな》らしい／有女人味

軍人《ぐんじん》↓軍人《ぐんじん》らしい／有軍人樣

君《きみ》↓君《きみ》らしい／有你的作風！

馬鹿《ばか》だ↓馬鹿《ばか》らしい／太蠢了！

いやだ↓いやらしい／下賤、下流

在活用形方面，它只有終止形、連用形、連體形，而沒有其他形態。

★**終止形** 用らしい結束句子等。

○あの人《ひと》は学生《がくせい》らしい。／他很學生樣。

○王君《おうくん》はスポーツマンらしい。／王先生像個運動員一樣。

○今日《きょう》は本当《ほんとう》に春《はる》らしい。／今天像春天一樣。

★**連體形** 也用らしい修飾體言。

○そんな子供《こども》らしい事《こと》を言《い》うと、笑《わら》われるぞ。／說那種孩子氣的話，會被人家笑的喔！

○町《まち》には公園《こうえん》らしい公園《こうえん》もない。／街道上沒有一個像樣的公園。

★**連用形** 用らしく後接用言，其中多後接ない構成否定形式。

○すっかり初夏《しょか》らしくなった。／完全變成初夏的感覺了。

○そんな事《こと》でへこたれては君《きみ》らしくないね。／因為這種事就退縮真不像你的作風啊！

②助動詞「らしい」與接尾語「らしい」的區別

兩者形態相同，意義近似，但是兩者是有區別的，有時兩者接在同一個名詞下面，這時形態相同，但所表示的意義是不同的。但它們究竟有什麼不同呢？概括起來，有以下幾點：

1 助動詞「らしい」前面可以有連體修飾語，而接尾語「らしい」前面不能有連體修飾語。例如：

○あの人《ひと》は立派《りっぱ》な政治家《せいじか》らしいです。（助動詞）／那個人像是一個偉大的政治家。

○本当《ほんとう》に政治家《せいじか》らしい立派《りっぱ》な態度《たいど》です。（接尾語）／
具有政治家風度的磊落態度。

○あの塔《とう》は平安時代《へいあんじだい》の遺跡《いせき》らしいです。（助動詞）／
那個塔好像是平安時代修建起來的古蹟。

○この都市《とし》は新《あたら》しい都市《とし》で遺跡《いせき》らしい遺跡《いせき》は一《ひと》つもない。（接尾語）
這裡是個新城市，沒有一個稱得上古蹟的古蹟。

2 助動詞「らしい」的否定型不能接「ない」，表示否定時要用「～ないらしい」；而接尾語「らしい」表示否定時要用「らしくない」。例如：

○あの人《ひと》はスポーツマンではないらしい。（助動詞）／他好像不是運動員。

○あの人《ひと》はスポーツマンらしくない。（接尾語）／他沒有一個身為運動員的樣子。

3 助動詞「らしい」接在名詞下面時，名詞與「らしく」之間可以插入「である」，也可以換用「だろう」、「であるようだ」；而接尾語「らしい」則不能這樣用，既不能插入「である」，也不能換用「だろう」、「であるようだ」。例如：

○あそこに立《た》っている人《ひと》は女《おんな》（である）らしい。（○女《おんな》だろう。○女《おんな》であるようだ）（助動詞）／站在那的好像是個女人。

○彼女《かのじょ》は淑《しと》やかで、大変《たいへん》女《おんな》（×である）らしい。（×女《おんな》だろう。×女《おんな》であるようだ）（接尾語）／她很淑女，非常有女人味。

4 在助動詞「らしい」構成的句子中，如果用副詞時，一般用表示「好像」、「推測」的「どうも」、「どうやら」等副詞，而在接尾語「らしい」構成的句子裡如果用副詞時，則用表示「真是」、「很」之類的「いかにも」、「本《ほん》当《とう》に」、「見《み》るからに」、「とても」等。例如：

○今《いま》来《き》た人《ひと》はどうやら内山会社《うちやまかいしゃ》の社長《しゃちょう》らしい。（助動詞）／

剛才來的那個人好像是內山公司的社長。

○いかにも社長《しゃちょう》らしい人《ひと》だ。（接尾語）／他很有社長的派頭。

5 助動詞「らしい」可以用「らしかった」；而接尾語「らしい」則不能用「らしかった」。例如：

○昨日《きのう》内山《うちやま》さんが持《も》って来《き》たのは阿波《あわ》の名産《めいさん》らしかった。（助動詞）／

昨天內山先生拿來的好像是阿波的特產。

×いかにも阿波《あわ》の名産《めいさん》らしかった。（名産《めいさん》らしい）（接尾語）。

3 比況助動詞ようだ與推量助動詞らしい

兩者都表示推斷，但使用的場合不同：

1 推量助動詞「らしい」表示有根據的、有把握的推斷；而比況助動詞「ようだ」也可以用來表示這種有根據的推斷（參閱本書第十章）。因此在句子裡，提出了某種根據，而這種根據比較可靠，如自己曾看到的、曾體驗到的。這時候可以用「らしい」，也可以用「ようだ」。例如：

○道《みち》を歩《ある》いている人《ひと》が傘《かさ》を差《さ》しているところを見《み》ると、まだ雨《あめ》が降《ふ》り出《だ》したらしい。（○ようだ）／看走路來往的人撐著傘，好像又下起雨了。

○何《なに》か事故《じこ》があったらしいですね。（○ようですね）バスがなかなか来《こ》ないですね。／

好像發生了什麼事故，公車老是不來。

但表示根據自己聽到的，即根據傳聞作出的某種客觀推斷，這時一般用らしい而不能用ようだ。例如：

○天気予報《てんきよほう》によりますと、明日《あした》は晴《は》れるらしいでございます。／

據天氣預報報導：明天是晴天。

○朝日新聞《あさひしんぶん》によると、天竜川流域《てんりゅうがわりゅういき》ではまた大水《おおみず》が出《で》たらしいです（×出《で》たようです）。／

據朝日新聞報導：天龍川流域又淹大水了。

2 表示根據主觀臆斷，即從主觀感覺出發，不一定有可靠的根據作出的推斷時，只能用「ようだ」，而不能用「らしい」。例如：

○あの話《はなし》は以前《いぜん》にどこかで聞《き》いたことがあるようだ（×らしい）。／

那件事情我好像以前曾在哪聽說過的。

○かなり古《ふる》い物《もの》のようだ（×らしい）から、値《ね》が張《は》るかもしれない。／

好像是很古老的東西，也許很值錢吧！

如果句子裡用了なんとなく、なんだか之類的副詞來修飾述語時，只能用ようだ，而不用らしい。

○あの人《ひと》の顔《かお》を見《み》るとなんだが怖《こわ》いようだ（×らしい）。／看了他的臉，總感覺可怕。

○なんとなく足《あし》が少《すこ》し痛《いた》いようだ（×らしい）。／不知為什麼，腳有些痛。

3 用來緩和講話的語氣時，一般只能用「ようだ」，而不能用「らしい」。

○今度《こんど》の事故《じこ》はまったく運転手《うんてんしゅ》の油断《ゆうだん》から来《き》ているものだと言《い》っていいようだ（×らしい）／這次事故可說是完全肇因於司機的疏忽大意。

○あのお客《きゃく》さんは酒《さけ》は嫌《きら》いなよう（×らしい）なら、ビールにした方《ほう》がいいんです。／那位客人如果不想喝日本酒的話，可以請他喝啤酒。

不使用上述句子裡的ようだ、ようなら句子也可以講得通，這樣講是為了緩和語氣，避免武斷。らしい則不能這麼用。

4 （附）べきだ、べきです

①「べきだ」、「べきです」的接續關係

べきだ、べきです兩者意義、用法相同，只是べきだ是常體，べきです是敬體，它們都是古語推量助動詞べし留到現代日語口語中的助動詞，它們原來的形態是べし。它接在動詞（不包括サ變動詞）以及動詞型助動詞的終止形下面，但接在サ變動詞語幹十す下面，相當於中文的該、應該。

読《よ》む→読《よ》むべきだ　　褒《ほ》められる→褒《ほ》められるべきだ

見《み》る→見《み》るべきだ　　行《い》かせる→行《い》かせるべきだ

決《き》める→決《き》めるべきだ　　注意《ちゅうい》する→注意《ちゅうい》すべきだ

来《く》る↓来《く》るべきだ

②「べし」的活用

如前所述べきだ、べきです來自古語推量助動詞べし，因此在這裡以べし為中心說明べきだ、べきです的活用。べし是按形容詞型活用；べきだ、べきです與指定助動詞だ、です的活用相同。

★終止形　用べし，在口語裡用べきだ、べきです。

○明日《あす》八時《はちじ》に全員集合《ぜんいんしゅうごう》すべし。／明天八點全體人員集合。

○こういう事《こと》は早《はや》く決《き》めるべきだ。／這種事情，應該早一點決定。

★未然形　べし的未然形用べから，後接文語否定助動詞ず，但常用ず的連體形ざる構成べからざる作連體修飾語用，表示**否定**。例如：

○無断《むだん》で持《も》ち出《だ》すべからず。／不准隨便帶出！

○当《あた》るべからざる勢《いきお》いだ。／真是勢不可當。

べきだ、べきです的未然形用べきだろ、べきでしょ後接う，構成べきだろう、べきでしよう，表示推量。

○学生《がくせい》としてもっと勉強《べんきょう》すべきだろう。／作為一個學生應該更用功的吧！

★連用形　べし用べく，後接用言，作連用修飾語用，表示目的、當然、可能；べきだ、べきです也用べく作為書面語言用在口語中。

○彼《かれ》を見舞《みま》うべく、病院《びょういん》を訪《おとず》れた。／為了探他的病，來到了醫院。

○残《のこ》るべくして残《のこ》った。／因為該留，所以才留了下來。

べきだ、べきです的連用形比較複雜。

①用「べきで」，表示中止或後續「ない」作為「べきだ」、「べきです」的否定形式來用。例如：

○それは自分《じぶん》で決《き》めるべきではない。／那件事不應該由自己來決定的。

②用「べきだっ」後接「た」，表示「過去」或「完了」。例如：

○その時《とき》、君《きみ》はもっと早《はや》く来《く》るべきだった。／那時候，你應該更早一點來才對。

○若《わか》い時《とき》に、もっと勉強《べんきょう》しておくべきだった。／年輕的時候，應該更用功才是。

★連體形　無論べし還是べきだ、べきです都用べき作連體修飾語來用，修飾下面的體言。例如：

○来《く》るべきものがついにやって来《き》た。／該來的終於到來了。

○この事《こと》は本来君《ほんらいきみ》がやるべきなのだ。／這件事情本來就是你應該做的。

★沒有假定形、命令形。

③「べし」（べきだ、べきです）的意義

1　表示在理論上、道義上當然要做的事情或在自然界的規律上應有的狀態。相當於中文的「應該」、「該」。例如：

○来《く》るべきものがついにやって来《き》た。／該來的終於還是來了。

○車内《しゃない》では年寄《としよ》りや体《からだ》の不自由《ふじゆう》な人《ひと》に席《せき》を譲《ゆず》るべきだ。／在車上應該要讓座給老人或行動不便的人。

○信子《のぶこ》はこの間《あいだ》に幸福《こうふく》なるべき家庭《かてい》を作《つく》った。／信子最近組成了幸福的家庭。

2 表示意向、主張或目標相當於中文的「應該」、「要」等。例如：

○逮捕《たいほ》された学生《がくせい》は釈放《しゃくほう》を勝《か》ち取《と》るべきだ。／被逮捕的學生應該爭取獲得釋放。

這一用法經常用～べく作為補語來用，表示目的、目標。相當於中文的**為了**。例如：

○兄《あに》は美術《びじゅつ》を学《まな》ぶべく、フランスへ留学《りゅうがく》に行《い》った。／哥哥為了學習美術，到法國留學去了。

○生産性《せいさんせい》の向上《こうじょう》を目指《めざ》すべく、古《ふる》いコークス炉《ろ》を解体《かいたい》し、新築《しんちく》に踏《ふ》み切《き》った。／為了提高生產率，決定把陳舊的炭爐拆掉重新打造。

3 表示命令或禁止命令。相當於中文的「要」、「不要」。

○汽車《きしゃ》に注意《ちゅうい》すべし。／要注意火車。

○明日《あした》の朝八時《あさはちじ》に全員集合《ぜんいんしゅうごう》すべし。／明天早上八點，全體人員集合！

○市内《しない》の犬《いぬ》は必《かなら》ず鎖《くさり》に縛《しば》り付《つ》けて置《お》くべし。／市內的狗一定套上狗鍊！

○勝手《かって》にごみを捨《す》てるべからず。／不准隨便傾倒垃圾！

4 表示可能、價值、意義。可譯作中文的「可」、「可以」等。

○後悔《こうかい》すべき何物《なにもの》もなかった。／沒有什麼可後悔的。

○人間《にげん》はいざという時《とき》には、おそるべき力《ちから》を発揮《はっき》するものだ。／人在緊要關頭時，會發揮出驚人的力量。

○ちょっと辺《あた》りを見回《みまわ》したが、口《くち》に入《い》れるべき何物《なにもの》もなかった。／往周圍看了一看，完全沒有可以吃的東西。

○小屋《こや》には火鉢《ひばち》はなかった。火《ひ》を焚《た》くべき場所《ばしょ》もなかった。／小房子裡沒有火盆，連可以烤火的地方也沒有。

○そこは資源《しげん》に乏《とぼ》しいため、見《み》るべき工業《こうぎょう》はほとんどなかった。／在那裡由於缺乏資源，沒有什麼值得一看的工業。

第十三章　意志助動詞う、よう、まい

う、よう也有人稱之為推量助動詞，まい有人稱之為否定推量助動詞，但是考慮う、よう現在用來表示推量的時候較少，而用來表示意志、決心的時候較多；まい也有表示意志、決心的用法，因此本書一併稱之為意志助動詞。

1 意志助動詞「う」、「よう」

它是特殊的無變化助動詞之一，也就是它們只用う或只用よう這一形態，而沒有其他的形態變化。

①「う」、「よう」的接續關係

う接在五段活用動詞、形容詞、形容動詞以及助動詞ない、たい、た、だ、ます的未然形下面，よう接在其他動詞即助動詞れる、られる、せる、させる的未然形下面。例如：

行《い》く↓行《い》こう
起《お》きる↓起《お》きよう
考《かんが》える↓考《かんが》えよう
来《く》る↓来《こ》よう
運動《うんどう》する↓運動《うんどう》しよう
褒《ほ》められる↓褒《ほ》められよう
行《い》かせる↓行《い》かせよう

買《か》う↓買《か》おう
美《うつく》しい↓美《うつく》しかろう
静《しず》かだ↓静《しず》かだろう
ない↓なかろう
たい↓たかろう
ます↓ましょう
本《ほん》だ↓本《ほん》だろう

②「う」、「よう」的活用及其意義

う、よう只有終止形和連體形。終止形、連體形兩者形態相同，但意義稍有不同。

1「う」、「よう」的終止形

終止形分別用う、よう，表示下面幾種含義：

①表示意志和決心　用在句末講自己的想法時，表示自己的意志和決心。相當於中文的

「…吧！」。

○じゃ、私《わたし》も行《い》こう。／那麼我也去吧！

○今日《きょう》こそ両親《りょうしん》に手紙《てがみ》を書《か》こう。／今天來給爸媽寫信吧！

○足《た》りない所《ところ》を少《すこ》し話《はな》そう。／我來補充一些不足的地方吧！

○よろしい。私《わたし》が引《ひ》き受《う》けましょう。／好，我接受！

也可以在下面接と思《おも》う、と考《かんが》える、と決心《けっしん》する來用，表示**我想**…。例如：

○明日《あした》家《いえ》を移《うつ》ろうと思《おも》います。／我想明天搬家。

○私《わたし》はいくら苦《くる》しくても最後《さいご》までやり抜《ぬ》こうと決心《けっしん》した。／我決定無論再怎樣痛苦也要堅持到最後。

在講聽話者或第三者的意志時，則多用下面用～と思《おも》っている、と考《かんが》えている、と決心《けっしん》している。

○彼《かれ》も家《いえ》を移《うつ》ろうと思《おも》っています。／他也想搬家。

○君《きみ》はどこへ旅行《りょこう》に行《い》こうと思《おも》っていますか。／你想到哪去旅行呢？

○政府《せいふ》は公定歩合《こうていぶあい》を更《さら》にあげようと考《かんが》えています。／政府在考慮進一步提高公定利率。

②表示動誘惑請求　表示勸誘對方或徵求對方同意，這樣講時對象也包括說話者在內。相當於中文的「一起…吧」。

○さあ。皆《みんな》で歌《うた》おうよ。／喲！大家一起唱吧！
○皆《みんな》でよく考《かんが》えてみよう。／大家好好想一想吧！
○そろそろ出掛《でか》けよう。／我們該出發了吧！
○ひと休《やす》みしよう。／休息一下吧！

還可以用在表示宣導的場合。

○悪《わる》い癖《くせ》をなくそう。／把壞習慣丟掉吧！
○交通規則《こうつうきそく》を守《まも》ろう。／遵守交通規則吧！

③表示推量　**表示說話者對客觀事物的推量。但在實際語言生活中，往往用「だろう」來代替「う」、「よう」。可譯作中文的「吧」。**

○昨日《きのう》の映画《えいが》は面白《おもしろ》かったろう。（○面白《おもしろ》かっただろう）／昨天的電影很有意思吧！
○もうすぐ雨《あめ》が降《ふ》ろう。（○降《ふ》るだろう）／馬上就會下雨吧！

○この事《こと》は次《つぎ》のようにも考《かんが》えられよう。（○考《かんが》えられるだろう）／

這件事可以如下考量吧！

○友達《ともだち》が僕《ぼく》の帰《かえ》りを待《ま》っていよう。（待《ま》っているだろう。）／朋友在等著我回去吧！

④表示疑問或反問，這時多用「～うか」、「～ようか」，也可以換用「～だろうか」。相當於中文的「…嗎？」例如：

○そんな馬鹿《ばか》な事《こと》があろうか（○あるだろうか）。／有那種蠢事嗎？

○彼《かれ》の言《い》った事《こと》は間違《まちが》っているのではなかろうか。（ないだろうか）／

他說得沒有錯嗎？

○そんな事《こと》は誰《だれ》だって黙《だま》って見《み》ていられようか。（○いられるだろうか）／

這種事誰能默不作聲得看呢？

2 「う」、「よう」終止形構成的慣用型

①「～うとする」、「～ようとする」前者接在五段活用動詞、後者接在其他活用動詞**的意志動詞的未然形下面，表示主語即將採取某種行動。相當於中文的「將要…」、「剛**

要…」。

○バスに乗《の》ろうとして財布《さいふ》のないのに気《き》が付《つ》いた。／要搭公車，才發現沒有帶錢包。

○いくら注意《ちゅうい》してもやめようとしない。／無論怎麼警告他，他就是不停止。

○やつは逃《に》げようとしても逃《に》げられなかった。／他想逃也逃不了。

引申接在無情物的無意志動詞下面，表示即將出現某種情況。相當於中文的**將…**。

○日《ひ》が暮《く》れようとしている。／太陽要下山了。

○囲炉裏《いろり》の火《ひ》は消《き》えようとしている。／火爐的火要滅了。

○花《はな》も一斉《いっせい》に開《ひら》こうとする気配《けはい》である。／看樣子花即將一齊開放。

②「…う／よう」と（は）動詞ない」

「と」是表示指定的格助詞，後接「想」、「説」之類的動詞，表示「（未曾）料到」等。相當於中文的「沒有想到…」。

○彼《かれ》と結婚《けっこん》していようとは全《まった》く思《おも》いもかけませんでした。／完全沒有想過要和他結婚。

○私《わたし》もこんな事《こと》になろうとは夢《ゆめ》にも思《おも》わなかった。／我做夢也沒有想到事情會變成這樣。

③「…うよう∨と（も）逆態接續」　「と」也可以說成「とも」，都是接續助詞，構成逆態接續條件，表示「即使…也…」。相當於中文的「無論…也」。

○如何《いか》なる問題《もんだい》が起《お》きようとも、私《わたし》の決心《けっしん》は変《か》らないんだよ。／

無論發生什麼問題，都不會改變我的決心。

○自分《じぶん》の家《いえ》でどこを歩《ある》こうと、私《わたし》は誰《だれ》にも許可《きょか》をうる必要《ひつよう》はないんだ。／

在自己家裡不管想怎麼走，都沒有必要得到任何人的許可。

④「…うよう∨と同一動詞うよう∨と…」「…うよう∨が同一動詞うよう∨が…」上述兩個句型意思、用法相同，都表示「～しても～しても…それは同《おな》じだ」的意思。相當於中文的「不論…還是…都…」。

○バスで行《い》こうと、自転車《じてんしゃ》で行《い》こうと、皆《みな》さんの自由《じゆう》にしてください。／

不論坐公車，還是騎自行車，請大家自便。

○パンであろうと、ケーキであろうと、食《た》べる物《もの》なら何《なん》でも結構《けっこう》です。／

不論是麵包還是蛋糕，只要是吃的什麼都可以。

○映画《えいが》を見《み》ようが、劇《げき》を見《み》ようが、何《なん》でもお伴《とも》いたします。／

不論看電影還是看戲我都陪你去。

○先生《せんせい》に言《い》おうが、友達《ともだち》に言《い》おうが、そんな乱暴《らんぼう》な言葉《ことば》を使《つか》うのはよくありません。／不論是跟老師講話，還是跟朋友講話，使用那種粗魯的語言就是不好。

3 「う」、「よう」連體形的意義、用法

う、よう的連體形與終止形相同，分別是う、よう，它們雖稱作連體形，但只能修飾一些形式體言（形式名詞），如こと、もの、はず等，構成各種慣用型來用，因此要根據慣用型的意義譯成中文。

①「…う／ようはずがない」　**接在動詞、部分助動詞的未然形下面，與「当然《とうぜん》そうである」的意思相同，表示根據常識、道理以強烈的口氣，來推斷那種情況不可能發生，不可能存在的。相當於中文的「不會…」。例如：**

○そんな事《こと》のあろうはずがないよ。／不會有那種事的！

○私《わたし》のする事《こと》、どこが悪《わる》いのか、分《わ》かろうはずがない。／我做的事情，哪裡不好，我是不會知道的。

○日本語《にほんご》も習《なら》ったこともないのだろう。日本語《にほんご》が話《はな》せようはずがない。／日語學都沒學過，是不可能會說日語的。

○いくら農業《のうぎょう》技術《ぎじゅつ》が発達《はったつ》しているといっても東京《とうきょう》辺《あた》りでバナナができようはずがない。／不論農業再怎麼發達，也不可能在東京種植香蕉。

②「…う　よう〉ものなら…」　接在動詞、部分助動詞的未然形下面，構成順態假定條件，然後講出述語的情況，但述語多是消極的、否定的內容。相當於中文的「如果…那…」。例如：

○大事《だいじ》な盆栽《ぼんさい》だよ。ひっくり返《かえ》してもしょうものなら、それは大変《たいへん》だよ。／這是盆貴重的盆栽喔，如果摔到了那就不得了了。

○僕《ぼく》からそんな話《はなし》を持《も》ち出《だ》そうものなら、てんで相手《あいて》にせんよ。／如果是我提出這個問題，他根本就不會理我的。

○うっかり手《て》を離《はな》そうものなら、せんじんの谷底《たにぞこ》に落《お》ちてしまうだろう。／不小心鬆開了手的話，會掉到萬丈深淵裡去吧。

③「なろうことなら…」　「なろう」是動詞「なる」的未然形後接「う」，再後接「ことなら」構成的，用它來做順態假定條件。相當於中文的「可能的話…」

○なろうことなら、一生《いっしょう》おそばにいたい。／如果可以的話，我希望一輩子守在你的身旁。

○なろうことなら、今年《ことし》一杯《いっぱい》居《い》てもらいたいんだがね。／可能的話，我希望你住在這裡一年。

④「あろうことか」　「あろう」是由「ある」的未然形後續「う」構成的，「あろうことか」形成一個反問句，含義是肯定的，表示居然有這樣的事。相當於中文的「居然有…」。

○あろうことか、あの小娘《こむすめ》も秘密《ひみつ》を持《も》っております。／那個小女孩兒居然也有秘密。

○あろうことか、生徒《せいと》が先生《せんせい》を殴《なぐ》ったなんて。／學生打老師，居然有這種事。

有時也用あろうことかあるまいことか，也表示相同的意思。相當於中文的居然…。

○あろうことかあるまいことか、十五歳《じゅうごさい》の少女《しょうじょ》が恋愛《れんあい》し始《はじ》めたそうだ。／十五歲的小女孩就開始戀愛了，居然有這樣的事。

⑤「～ともあろうものが…」

「と」是表示指定的格助詞，接在名詞下面，構成「名詞ともあろうものが…」與「～とも言《い》われるものが…」的意思相同，多作主語來用。相當於中文的「身為…的人，居然…」。

○校長先生《こうちょうせんせい》ともあろうものが、パチンコにこるなんて。／

身為校長，居然迷上打柏青哥。

○大学教授《だいがくきょうじゅ》ともあろうものが、中学生《ちゅうがくせい》も教《おし》えられないと不思議《ふしぎ》ではないか。／

身為一個大學教授，居然無法教中學生，這不是很奇怪嗎？

2 否定意志助動詞まい

まい也有人稱之為否定推量的動詞，它也是日語助動詞中無變化的助動詞之一，也就是只用まい這一形態，而沒有其他形態變化。它是意志動詞う、よう的否定形式，因此本書將它稱為**否定意志助動詞**，列入意志助動詞一章加以說明。

1 「まい」的接續關係

它的接續關係比較複雜。

①接在五段活用動詞以及「ます」的終止形下面。

読《よ》む→読《よ》むまい

下《くだ》さる→下《くだ》さるまい

②接在其他活用動詞以及助動詞れる、られる、せる、させる的連用形下面。

見《み》る↓見《み》まい　　参加《さんか》する↓参加《さんか》しまい

なまける↓なまけまい　　叱《しか》られる↓叱《しか》られまい

来《く》る↓来《き》まい　　読《よ》ませる↓読《よ》ませまい

する↓しまい

但来《く》る在下面接まい時除了在上面講到的用来《き》まい以外，還可以用くるまい、こまい；する除了用しまい以外，還可以用するまい、せまい。

２「まい」的活用及其意義

まい也只有終止形和連體形，兩者也是形態相同，意義稍有不同。

1「まい」的活用及其意義

終止形まい，表示下面幾種含義：

①表示否定意志或決心　**與「ない」的意思相同相當於中文的**「決不…」。

○こんな過《あやま》ちは決《けっ》して二度《にど》と繰《く》り返《かえ》すまい。／這樣的錯誤，我決不再犯。

○つまらない事《こと》は考《かんが》えるまい。／無聊的小事我不考慮。

○今度《こんど》は失敗《しっぱい》しまいと思《おも》ったがまた失敗《しっぱい》した。／我以為這次不會失敗了，可是我錯了。

○食《た》べ過《す》ぎまいと思《おも》っていたのに。おいしいので食《た》べ過《す》ぎてしまった。／我在想不要吃多了，可是因為好吃，所以還是吃撐了。

②表示否定的勸誘或否定的請求　與「～ないようにしよう」意思相同，相當於中文的「不要…」。

○過《す》ぎ去《さ》った事《こと》はくよくよ考《かんが》えるまい。／已經過去的事情，不要老放在心上！

○さあ、これからお互《たが》いに怠《なま》けまい。うんと勉強《べんきょう》しましょう。／那麼今後我們別再偷懶了，努力用功吧！

○どうか私《わたし》も仲間《なかま》に入《い》れてもらえまいか。／可否讓我也參加呢！

まい下面接終助詞ぞ時，則表示禁止。相當於中文的不要…。例如：

○そんな事《こと》を言《い》うまいぞ。／別那麼說啊！

○過《あやま》ちを二度《にど》と繰《く》り返《かえ》すまいぞ。／不要再重蹈覆轍啊！

③表示否定的推量。相當於中文的「…吧」。

○試験《しけん》はそれほど難《むずか》しくあるまい。／考試沒那麼難吧！

○明日《あした》になっても小雨《こさめ》はやむまい。／到明天這綿綿細雨也不會停。

○問題《もんだい》は複雑《ふくざつ》だから、そんなに簡単《かんたん》に解決《かいけつ》できまい。／問題很複雜，不是那麼簡單就能解決的吧。

○この程度《ていど》の資料《しりょう》では結論的《けつろんてき》なことは言《い》えますまい。／單靠這些資料，恐怕得不出結論吧。

④表示疑問或反問，這時句末多用終助詞「か」。相當於中文的「…呢」、「…嗎」。例如：

○できる人《ひと》はいまいか。／有人會嗎？

○先生《せんせい》に質問《しつもん》されまいかとどきどきしている。／老師會不會問到我呢？緊張得我心裡噗通噗通地跳。

2　「まい」終止形構成的慣用型

①「～まいとする」　「まい」是「う」、「よう」的否定形式，因此「～まいとする」則是「～ようとする」的否定形式，表示下決心不要出現某種狀況。相當於中文的「不要…」、「不想…」。

○弟《おとうと》もお兄《にい》さんに引《ひ》けを取《と》るまいとして朝《あさ》から晩《ばん》まではりきっています。／

弟弟不想落後於哥哥，從早到晚得努力。

○私《わたし》たちは定刻《ていこく》に遅《おく》れまいとして、急《いそ》いで波止場《はとば》にやってきた。／

為了趕上開船時間，我們急急忙忙地趕到了碼頭。

○舶来品《はくらいひん》を買《か》わせまいとしても、それは無理《むり》である。舶来《はくらい》は品質《ひんしつ》がいい物《もの》だから。／

禁止人買進口貨是不可能的。因為進口貨的品質好。

②「～まいし」　這裡的「まい」表示推量，「し」是接續助詞，表示原因。「～まいし」多接在「～でもある」下面，構成「～でもあるし」，表示「又不是…」。相當中文的「又不是…（所以）…」。例如：

○子供《こども》でもあるまいし、自分《じぶん》でできます。／我又不是小孩子，我自己會做。

○女《おんな》でもあるまいし、なぜそんなに派手《はで》な服《ふく》を着《き》るのか。／

又不是女人，為什麼穿那麼花俏的衣服？

○分《わ》からないのでもあるまいし、どうして答《こた》えないのですか。／

又不是不懂，為什麼不回答呢？

③「…（よう）が同一個動詞まいが…」「…（よう）と…同一個動詞まいと…」兩者的意義、用法相同，都相當於中文的「不管…還是…」、「…還是…」。例如：

○しようがしまいが、私《わたし》の勝手《かって》です。／做還是不做是我的自由。

○他《ほか》の人《ひと》が買《か》おうが買《か》うまいが、私《わたし》にかかわりない事《こと》で…。／

旁人買還是不買，和我沒有關係。

○物《もの》は試《ため》しだから、できようと、できまいと、やってみるがいい。／

東西成功或不成功都是做了才知道。

○人が見《み》ていようと、見《み》ていまいと、不正《ふせい》な事《こと》はすべきではない。／

不論人們有沒有看見，都不應該做不正當的事情。

2 「まい」連體形

連體形也用まい。

它雖然也用連體形，但它和助動詞う、よう一樣，也只能修飾少數形式體言（形式名詞）こと、もの、はず等構成慣用型來用。因此要根據慣用型的意思譯成中文。

①「～まいものでもない」、「～まいことでもない」 兩者基本相同，都接在動詞下面，與「～になる可能性《かのうせい》がないわけではない」的意思相同，表示不是沒有某種可能性。相當於中文的「不見得…不…」。

○明日中《みょうにちじゅう》に完成《かんせい》しまいものでもない。／不見得明天完成不了。

○途中《とちゅう》で病気《びょうき》になるまいものでもないから、薬《くすり》を忘《わす》れないように。／說不定會在途中生病之類的，所以不要忘了帶藥！

○一生懸命《いっしょうけんめい》に努力《どりょく》したら成功《せいこう》しまい事《こと》でもない。／拚命努力的話，也不見得會失敗。

②「あろうことが、あるまいことか…」、「なろうことか、なるまいことか…」兩者都是多放在句首或放在句子中間，作提示語來用，都表示所發生的事情是不能允許的、荒唐的，或者是不盡情理的事情，都含有強烈責難的語氣。前者含有「能有這種事嗎？」**後者含有「行**

嗎？」的意思，可根據前後關係適當地譯成中文。

○あろうことか、あるまいことか。お前《まえ》はよくもまあ、あんなでたらめが言《い》えたものだ。／你怎能這樣胡說八道？

○あろうことか、あるまいことか、乳飲《ちの》み児《ご》をおいて家《いえ》を出《で》てしまった。／你這樣對嗎？把嬰兒丟在家裡就這樣出去了。

○そんな自分勝手《じぶんかって》な事《こと》が、なろうことか、なるまいことか、考《かんが》えてみろ。／那麼自私任性的事，你自己想想這麼做對嗎？

第十四章　過去助動詞た（だ）

過去助動詞た（だ），有的學者稱之為**時間助動詞**，表示某種動作、作用或某種狀態已經實現。它是特殊活用型助動詞，既不同於動詞的活用、形容詞的活用，也不同於形容動詞的活用。

1 過去助動詞た（だ）

1 「た」（だ）的接續關係

接在動詞、形容詞、形容動詞以及各種類型的助動詞（不包括う、よう、まい）的連用形下面。但接在五段活用動詞下面時，大部分要使用音便：

①バ行、マ行、サ行的連用形要發生撥音便，即「ん」下面的「た」變成「だ」。

遊《あそ》ぶ→遊《あそ》びた→遊《あそ》んだ

読《よ》む↓読《よ》みた↓読《よ》んだ

死《し》ぬ↓死《し》にた↓死《し》んだ

②カ行（不包括「行《い》く」）、ガ行動詞連用形要發生「い音變」，即變成「い」，而「ガ行」下面的「た」要變成「だ」。

書《か》く↓書《か》きた↓書《か》いた　泳《およ》ぎ↓泳《およ》ぎた↓泳《およ》いだ

③ラ行、ワ行、タ行以及カ行「行《い》く」的連用形要發生促音便，即變成「っ」。

降《ふ》る↓降《ふ》りた↓降《ふ》った　立《た》つ↓立《た》ちた↓立《た》った

思《おも》う↓思《おも》いた↓思《おも》った　行《い》く↓行《い》きた↓行《い》った

サ行五段活用動詞、其他活用動詞、以及形容詞、形容動詞、助動詞等都直接在連用形下面，不發生音便。

話《はな》す↓話《はな》した　起《お》きる↓起《お》きた

出掛《でか》ける↓出掛《でか》けた　来《く》る↓来《き》た

する↓した　勉強《べんきょう》する↓勉強《べんきょう》した

其他形容詞、形容動詞、助動詞接在連用形下面。

美《うつく》しい↓美《うつく》しかった
静《しず》かだ↓静《しず》かだった
褒《ほ》められる↓褒《ほ》められた
行《い》ける↓行《い》けた
読《よ》ませる↓読《よ》ませた

書《か》かない↓書《か》かなかった
よくない↓よくなかった
行《い》きたい↓行《い》きたかった
来《く》る↓来《き》た

②「た」的活用形

它屬於特殊型活用助動詞，只有未然形、終止形、連體形、假定形，而沒有連用形、命令形。

★終止形　用た結句或後接が、から等助動詞以及傳聞助動詞そうだ等。

○昨日《きのう》学校《がっこう》へ行《い》かなっかた。／昨天沒有上學。

○去年《きょねん》の今頃《いまごろ》、よく雨《あめ》が降《ふ》った。／去年現在這個時候，經常下雨。

○風邪《かぜ》が止《や》んだが、雨《あめ》がまだ降《ふ》りつづいている。／風停了，可是雨還繼續地下。

★未然形　用たろ後接う表示推量。但在實際生活中，多用動詞＋だろう來表達相同的意思。

○登山隊《とざんたい》はもう出発《しゅっぱつ》したろう（○しただろう）／登山隊已經出發了吧。

○雨《あめ》がもう止《や》んだろう（○止《や》んだだろう）／雨已經停了吧！

它沒有否定法，因此不能後接ない。

★連體形　用た修飾下面體言或後接ので、のに等。

○買《か》い物《もの》に行《い》った時《とき》、偶然中学校《ぐうぜんちゅうがっこう》の友達《ともだち》にあった。／出去買東西的時候，偶然遇見了國中同學。

○雨《あめ》が止《や》んだので、すぐ出《で》かけた。／因為雨停了，所以立刻就出發了。

★假定形　用たら構成順態假定條件或順態確定條件等。

○一緒《いっしょ》に帰《かえ》ったらどうですか。（假定條件）／要一起回去嗎？

○今交渉《いまこうしょう》したら成功《せいこう》するだろう。（假定條件）／現在談判的話，會成功的吧。

○電車《でんしゃ》が止《と》まったら、乗《の》っていた人《ひと》が降《お》り始《はじ》めた。（確定條件）／電車一停，乘客就開始下車。

③「た」的意義、用法

1 表示過去的動作、狀態等 多用來講過去經驗過的事實。這是「た」的基本用法。相當於中文的「…了」，有時翻譯不出來。

○そのころ私《わたし》は新竹《しんちく》に住《す》んでいた。／那時我住在新竹。

○昨日《きのう》ずいぶん歩《ある》いたので疲《つか》れた。／昨天走了很久，所以累了。

○二三年前《にさんねんまえ》はその辺《へん》は一面《いちめん》に花《はな》が咲《さ》いていて、とても美《うつく》しかった。／兩三年前在這一帶開滿了花，非常美麗。

○兄《あに》は二年前《にねんまえ》労働者《ろうどうしゃ》だったが、それから大学《だいがく》に入《はい》った。／哥哥兩年前是個工人，之後進了大學。

2 表示動作、作用或狀態的完了 即表示某種動作、狀態在講話之前結束或完成。也相當於中文的「…了」。

○あ、そうか。やっと分かった。／啊、這樣啊，我終於懂了。

○夜《よる》になると、気温《きおん》はぐっと下《さ》がった。／到了夜間，氣溫一下子下降了好多。

○三週間《さんしゅうかん》かかってやっと論文《ろんぶん》を書《か》き上《あ》げた。／用了三個星期才寫完了論文。

○今《いま》、私《わたし》は帰《かえ》って来《き》たばかりです。／我剛剛才回來。

有時候某種事情並未完了，但它的**完了**是確定不疑時，也可以用た，表示完了。例如：

○試合《しあい》はまだ終《おわ》らないが、優勝《ゆうしょう》はもう決《き》まったよ。／比賽還沒有完，但勝負已經定了。

○一週間《いっしゅうかん》たっても返事《へんじ》がないところを見《み》ると断《ことわ》られた。／過了一週也沒有回信，看樣子對方是回絕了。

3 以「～たとき」等形式出現，表示未完了　即表示某種動作或狀態將來可能實現的時候相當於中文的「…了的時候」。

○急《いそ》がないから、今度《こんど》会《あ》った時《とき》に返《かえ》してください。／不急，下次見到的時候再還給我吧！

○万一《まんいち》乗《の》り遅《おく》れた時《とき》はどうしようか。／萬一沒趕上怎麼辦？

○このダムの築造《ちくぞう》が完成《かんせい》した時、下流一帯《かりゅういったい》はもう洪水《こうずい》に脅《おびや》かされることはないでしょう。／這座水壩修建完成時，河的下流一帶就不會再受洪水侵襲的威脅了吧。

4 表示存在狀態　它以「た」的連體形做連體修飾語與來用，表示某種狀態。它有下面幾種情況：

①金田一春彥教授所提出的第四類動詞，如「太《ふと》る」、「やせる」、「年取《としと》る」、「すぐれる」、「劣《おと》る」、「よごれる」等作連體修飾語時，多用「動詞連用形た」來表示狀態。

○太《ふと》った子供《こども》／胖孩子
○痩《や》せた老人《ろうじん》／瘦老頭
○濁《にご》った水《みず》／污濁的水
○澄《す》んだ 湖《みずうみ》／清澄的湖水
○聳《そび》えた山《やま》／高聳的山峰
○禿《は》げた頭《あたま》／禿頭
○優《すぐ》れた成績《せいせき》／優秀的成績

○衰《おとろ》えた老人《ろうじん》／衰弱的老人

②瞬間動詞作連體修飾語時，用「～た」表示動作結果的持續，這時與「～している」意思相同。

○作業服《さぎょうふく》を着《き》た若者《わかもの》／穿著作業服的年輕人

○帽子《ぼうし》をかぶった青年《せいねん》／戴著帽子的青年

○眼鏡《めがね》をかけた学生《がくせい》／戴著眼鏡的學生

○白髪《しらが》になった老人《ろうじん》／白頭髮的老人

○薄化粧《うすげしょう》をした婦人《ふじん》／化了淡妝的婦女

○歯《は》のかけたお爺《じい》さん／缺了牙的老爺爺

③形容動詞用「～とした」作連體修飾語，表示某種狀態。

○広広《ひろびろ》とした原野《げんや》／廣闊的草原

○洋洋《ようよう》とした海《うみ》／一望無際的海洋

○確固《かっこ》とした信念《しんねん》／牢固的信念

○断固《だんこ》とした態度《たいど》／斷然的態度

以上是た的主要意義用法，有時也用下以的一些特殊方法。

④表示感嘆或加強語氣。相當於中文的「…啦」、「…了」等。

○お世話《せわ》になりまして、ありがとうございました。／受你關照了，謝謝你了！

○これはこれは、すいませんでした。／唉呀！唉呀！對不起啊！

⑤表示對事物的重新認識或用以加強語氣、加以證實。

○分《わ》かった。分《わ》かった。この道《みち》を行《い》くのだ。／知道了，知道了，從這條路走。

○それはよかった。よかった。／那太好了！太好了。

○そうか、今日《きょう》は僕《ぼく》の誕生日《たんじょうび》だったか。／對耶！今天是我的生日啊！

○明日《あす》は日曜日《にちようび》だったか。／明天是星期天啊！

○あの方《かた》は君《きみ》の兄《あに》さんだったか。／那位是你的哥哥啊！

⑥表示自己的決心。有時譯作中文的「…了」。

○よし、これを買《か》った。／好，這個我買了。

○もう煙草《たばこ》をやめた。／我戒煙了。

⑦表示命令。根據前後關係適當地譯成中文。

○ちょっと待《ま》った。／等一等！
○さあ、来《き》た。／喂！來吧！
○もう、帰《かえ》った。／該回去了！

上述⑤⑥⑦⑧項裡例句中的た，都是既不表示過去、完了，也不表示存在狀態，但都用了た，這對我們來說是比較難以理解的，但在日語裡，上述一些情況都是要用た的。

2 たら與なら

たら是た的假定形，口語，使用範圍廣，因此用法較複雜，有必要進一步說明。

①「たら」的接續關係

既構成順態假定條件也構成順態確定條件，並它本身並不能表示出假定或確定，而要根據句子的前後關係來確定是假定還是確定。

1 「たら」構成順態確定條件

用たら連接前後兩項，前項的たら含有某一行為、動作完了的意思，而後項以過去式た結尾，這時的條件句則成為順態確定條件。它有下面兩種使用情況。

①前後兩項是不同的兩個動作主體（即兩個主語），它們之間的關係不是有意安排，而是偶然的巧合，因此後項多是一些偶然發生的，意想不到的事、意想不到的事情。大致與「～たとき」意思相同。相當於中文的「…時候」，有時譯不出來。

○家《いえ》に帰《かえ》ったら、兄《あに》や弟《おとうと》はもう帰《かえ》っていた。／

我回家的時候，哥哥和弟弟已經回來了。

○汽車《きしゃ》を下《お》りたら、弟《おとうと》が出迎《でむか》えに来《き》ていた。／我一下火車，弟弟就來接我了。

○三木《みき》首相《しゅしょう》が講壇《こうだん》に上《あ》がったら嵐《あらし》のような拍手《はくしゅ》が起《お》こった。／

三木首相一登上講台，就響起了如雷般的掌聲。

②前後兩項是同一個動作主體（即同一個主語），這時後項的動作既可以是有意進行的，也可以不是有意進行的巧合。這時也與「～たとき」意思大致相同。相當於中文的「…時候」，有時也譯不出。

○昨日《きのう》新宿《しんじゅく》へ行《い》ったらいい映画《えいが》をやっていたので見《み》た。／

昨天到新宿去，看了部好電影。

○この前《まえ》李《り》さんと卓球《たっきゅう》をやったらさんざんあいつに負《ま》かされた。／

前幾天和李先生打桌球，我輸得一敗塗地。

○ずいぶん疲《つか》れたので、家《いえ》に帰《かえ》ったらすぐ寝《ね》た。／因為很累，所以回到家馬上就睡了。

③前項裡用了指示代名詞「こんな」、「そんな」、「あんな」與「たら」在一起用在條件句裡，也表示順態確定條件。例如：

○そんなに暑《あつ》かったら上着《うわぎ》を脱《ぬ》ぎなさい。／那麼熱的話，就把上衣脫下來吧！

○そんなに欲《ほ》しかったら持《も》っていってください。／你那麼想要的話，就請拿去吧！

なら不能構成順態確定條件，因此上述一些句子只能用たら，而不能用なら。

2「たら」構成順態假定條件

たら是過去助動詞た的假定形，因此含有較強的完了性，表示假如…完了，那就…，而後項的句子多是表示命令、意志、容許、拜託等內容。相當於中文的假若…、如果…。

○雨《あめ》が降《ふ》り出《だ》したら早《はや》く帰《かえ》って来《き》なさい。／如果下雨的話就快回來吧！

○値段《ねだん》が安《やす》かったら買《か》いましょう。／價錢便宜的話就買吧！

○東京《とうきょう》へ行《い》ったら、このお土産《みやげ》を田中先生《たなかせんせい》にお渡《わた》しください。／到了東京的話，請把這禮物交給田中老師。

○菊《きく》の花《はな》が咲《さ》いたら、切《き》って持《も》ってきてあげましょう。／如果菊花開了，我再剪下送你吧。

○もし手摺《てすり》がなかったら、足《あし》を滑《すべ》らしてしまうかもしれない。／如果沒有欄杆的話，可能會腳滑踩空。

②「たら」與「なら」的區別

なら也可以構成順態假定條件，但なら使用範圍很小，它一般在下面這種情況下使用。

1 前後兩項關係

なら前項的動作，在後項動作之後或同時進行。例如：

○ハイキングに行《い》くなら、母《はは》に言《い》ってください。／要去郊遊的話，先告訴媽媽一聲！

○帰《かえ》るなら、一緒《いっしょ》に帰《かえ》りましょう。／要回去的話，就一起回去吧！

而用たら時，由於たら的た表示動作的完了，因此前項的動作是在後項動作之前進行或同時進行。

○ハイキングに行《い》ったら中学校《ちゅうがっこう》の友達《ともだち》に会《あ》った。／郊遊的時候，遇到了國中同學。

○家《いえ》へ帰《かえ》ったら、家《いえ》には誰《だれ》もいなかった。／回到家的時候，家裡一個人也沒有。

這是なら與たら的最大區別。除了這一不同之外還有下面幾點不同：

2「なら」要求前項的主語是第二人稱「你」或「你的想法」等。例如：

○この本《ほん》を読《よ》むなら貸《か》してあげます。／你想看這本書的話我借給你。

○買《か》いたいなら買《か》ってもいいです。／你想買的話也可以買。

但たら前項的主語倒不一定是你或你的想法。它可以是其他的人或其他的事物。

○彼《かれ》が来《き》たら、彼《かれ》と相談《そうだん》しなさい。／他如果來了，你和他商量一下。

○値段《ねだん》が高《たか》くなかったら買《か》ってもいいです。／價錢不貴的話，也可以買。

3 構成陳述條件

所謂陳述條件，就是在述語部分使用いい、いけない、だめ、どうか等單詞所要求的條件。它一般用～たらいい、～たらいけない、～たらだめだ、～たらどうか等表示容許、禁止、或疑問，這時一般不用なら。

○物価《ぶっか》がもう少《すこ》し安《やす》かったらいいなあ。／物價再低一點就好了！

○壊《こわ》したらいかんよ。／弄壞了可不行啊！

○動《うご》かしたらだめよ。／不要動到它啊！

○一緒《いっしょ》に行《い》ったらどうですか。／要不要一起去？

4 構成提示條件

所謂提示條件，即用在句首用以提示某一話題（如某一事物、某一情況）。這時可以用だったら，也可以用なら。例如：

○日本《にほん》のことだったら（○なら）、于先生《うせんせい》はよく知《し》っている。／關於日本的情形，于老師知道得很多。

○映画《えいが》の俳優《はいゆう》だったら（○なら）、僕《ぼく》は高倉健《たかくらけん》が好《す》きだ。／

電影明星中，我喜歡高倉健。

以上是たら與なら的主要的異同。

第十五章　丁寧助動詞ます

丁寧助動詞只有一個ます，它構成鄭重而規矩的句子，因此稱為丁寧助動詞（中文有人譯作**鄭重助動詞**）。有的語法書上將です也列為丁寧助動詞之一，本書從他的含義來考慮，將他列入了指定助動詞。

1 ます的接續關係

ます接在動詞、動詞型助動詞（如れる、られる、せる、させる等）的連用形下面。例如：

読《よ》む↓読《よ》みます　　ほめられる↓ほめられます

考《かんが》える↓考《かんが》えます　　行《い》ける↓行《い》けます

來《く》る↓來《き》ます　　立《た》たせる↓立《た》たせます

勉強《べんきょう》する↓勉強《べんきょう》します

但接在特殊五段活用動詞ござる、なさる、くださる、いらっしゃる、おっしゃる的連用形下面時，它們的連用形り要音便成為い。例如：

ござる→ございます→ございます

なさる→なさります→なさいます

くださる→くださります→くださいます

いらっしゃる→いらっしゃります→いらっしゃいます

おっしゃる→おっしゃります→おっしゃいます

看一看它們的使用情況：

○野村先生《のむらせんせい》はいらっしゃいますか。／野村老師在嗎？

○校長先生《こうちょうせんせい》がたびたびそうおっしゃいました。／校長經常這麼說。

○校長先生《こうちょうせんせい》は自分《じぶん》で部屋《へや》の掃除《そうじ》をなさいました。／校長自己打掃了房間。

○內山先生《うちやませんせい》はもう說明《せつめい》してくださいました。／內山老師已經為我做了說明。

2 ます的意義及用法

ます沒有更多的含義，只是將所接的動詞、助動詞講的更鄭重、規矩一些，因此有ます的句子則稱為**敬體**。例如：

○私《わたし》は毎日新聞《まいにちしんぶん》を読《よ》む。↓私《わたし》は毎日新聞《まいにちしんぶん》を読《よ》みます。／我每天看報紙。

○こちらへ来《き》てもう二年《じねん》になった。↓こちらへ参《まい》りましてもう二年《じねん》になりました。來到這裡已經兩年了。

○相手《あいて》は英語《えいご》が分《わ》かるから英語《えいご》で話《はなし》をした。↓相手《あいて》は英語《えいご》が分《わ》かりますから、英語《えいご》で話《はなし》をしました。／因為對方懂英語，所以就用英語來交談了。

上述後面用ます、まして、ました的句子都比前面沒有用ます的句子要鄭重、規矩，因此使用敬語的句子多用ます來表達，另外在演講中也經常使用ます形講話。

3 ます的活用

ます有六個活用形，每一個活用形都用。

★**終止形** 用ます，除了用來結束句子外，還可以在下面接から、が、けれども、と、も等接續助詞。

○お早《はよ》うございます。／早安！

○風《かぜ》も吹《ふ》きますし、雨《あめ》も降《ふ》ります。／又颳風，又下雨。

○日曜日《にちようび》は家《うち》におりますから、遊《あそ》びにいらっしゃい。／星期天在家，請你來玩！

★**未然形** ませ和ましょ兩個。

①「ませ」下面接否定助動詞「ぬ」的音便形「ん」，即構成「ません」，表示否定。

○それはまだ存《ぞん》じません。／那件事我還不清楚。

○彼《かれ》は何《なに》も言《い》いませんでした。／他什麼也沒有說。

②「ましょ」後接「う」構成「ましょう」，表示意志、勸誘。

○では、始《はじ》めましょう。／那麼我們開始吧！

○じゃ、明日《あした》買《か》いましょう。／那麼明天再買吧！

★連用形 用まし後接助動詞た表示過去或完了。也可以接て、ても、ては，表示接續。

○ずいぶん涼《すず》しくなりました。／很涼爽了。

○わざわざお見送《みおく》りくださいまして、ありがとうございました。／讓你專程來送，謝謝你了。

○そう言《い》いましても無理《むり》はございません。／他這麼說也不無道理。

★連體形 用ます，後接體言或ので、のに。但在實際生活中用~ます+ので、のに時候較少，多用動詞（或助動詞）連體形來代替它，只是在演講時，或是使用敬語來講話時，使用ます的連體形。

○台北《たいぺい》にいらっしゃいます時《とき》、ご案内《あんない》いたします。／您來台北的時候，我來為您介紹。

○出発《しゅっぱつ》します時《とき》はお知《し》らせいたします。／出發的時候，我會通知您。

○参加者《さんかしゃ》は殆《ほとん》ど日本語《にほんご》が分かりますので、（私《わたし》は）日本語《にほんご》で説明《せつめい》いたしました。／

因為參加的人都會日語，所以我用日語做了說明。

○山田先生《やまだせんせい》はお酒《さけ》が飲《の》めますのに、どうして少《すこ》しもあがりませんか。／

山田老師您很會喝酒，現在怎麼一點都沒喝呢？

★假定形　用ますれば，但使用的時候較少，多用ましたら來代替它。

○そうなさいますれば（○ましたら）よろしゅうございます。／那麼做就可以了。

○お戻《もど》りになりましたら、ご聯絡《れんらく》ください。／你回來的時候，請告訴我一聲！

○明日《あした》來《き》たら、分《わ》かるでしょう。／明天來的時候，就知道了。

★命令形　用まし，也用ませ，但它只接在敬語動詞なさる、くださる、いらっしゃる、おっしゃる等下面，表示命令。

○どうぞおあがりくださいませ。（○まし）／請進來吧！

○お名前《なまえ》をお書《か》きなさいませ。（○まし）／請寫上您的名字！

○お暇《ひま》な時《とき》に、遊《あそ》びにいらっしゃいませ。（○まし）／在您閒暇的時候請來玩！

○ゆっくりおっしゃいませ。（○まし）／請你慢慢說！

另外也接在其他一些敬語動詞，如遊《あそ》ばす、召《め》す、召《め》し上《あ》がる等下面。

○どうぞ、コーヒーを召《め》しあがりませ。（○まし）／請喝咖啡！

○どうぞ、お風呂《ふろ》を召《め》しませ。（○まし）／請洗澡！

○あれをごらんあそばしませ。（○まし）／請看那個！

1 參考

①終止形、連體形有人用「まする」，它比使用「ます」更加鄭重規矩，但它是一種較舊的說法，現在不大常用。例如：

○私《わたし》はさように考《かんが》えまするが、諸君御批判《しょくんごひはん》をうかがいたいと存じます。／我的想法是這樣，希望諸位加以批判。

○さような事《こと》がございまする時《とき》は必《かなら》ずご報告申《ほうこくもう》し上《あ》げます。／如果發生這種事情，我一定會通知您。

②在結束句子時，有人用「まして」代替「ました」；用「ませんで」來代替「ませんでした」。這樣講，語氣更加謙遜，並且尊敬聽話的對方。

○先《さき》ほど李《り》さんからお電話《でんわ》がかかりまして。／剛才李先生有打電話過來。

○あいにく、課長《かちょう》がおりませんで。／不巧課長現在不在。

索引

本索引裡收錄了本書出現的助動詞及其有關的慣用型。且按日語五十音即あ、い、う、え、お順序編排，方便讀音快速查閱。

【　ら　】

【　わ　】

メモ

メモ

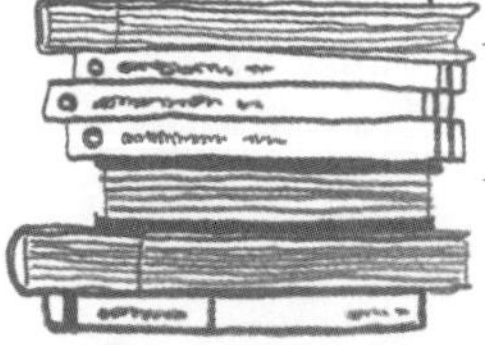

メモ

メモ

基礎日本語助動詞/趙福泉著. -- 初版. --
臺北市：笛藤出版圖書有限公司, 2021.01
面； 公分
大字清晰版
ISBN 978-957-710-807-4(平裝)

1.日語 2.助動詞

803.165 110000174

大字清晰版

基礎日本語

助動詞

2021年1月22日 初版第1刷 定價370元

著者	趙福泉
編輯	洪儀庭·徐一巧
封面設計	王舒玗
總編輯	賴巧凌
編輯企畫	笛藤出版
發行所	八方出版股份有限公司
發行人	林建仲
地址	台北市中山區長安東路二段171號3樓3室
電話	(02) 2777-3682
傳真	(02) 2777-3672
總經銷	聯合發行股份有限公司
地址	新北市新店區寶橋路235巷6弄6號2樓
電話	(02)2917-8022·(02)2917-8042
製版廠	造極彩色印刷製版股份有限公司
地址	新北市中和區中山路二段380巷7號1樓
電話	(02)2240-0333·(02)2248-3904
印刷廠	皇甫彩藝印刷股份有限公司
地址	新北市中和區中正路988巷10號
電話	(02)3234-5871
郵撥帳戶	八方出版股份有限公司
郵撥帳號	19809050